Stellar
Odyssey
Trilogy
**
2

당신에게 가고 있어

ⓒ김보영 2020

초판1쇄 인쇄	2020년 5월 21일
초판11쇄 발행	2025년 1월 15일
지은이	김보영
펴낸이	박대일
편집	이문영 · 임유리 · 이지영 · 김하랑 · 임지원
마케팅	임유미
교정	김필균 · 박준용
표지 · 본문그림	김보영 · 휘리
디자인	박현주
펴낸곳	파란미디어
출판등록	2004년 9월 14일 제313-2004-00214호
주소	03992 서울시 마포구 동교로23길 14 국제빌딩 6층
전화	02.3141.5589 영업부 070.4616.2012 편집부
팩스	02.6499.5589
전자우편	paranbook@gmail.com
카페	http://cafe.naver.com/paranmedia
인스타그램	@paranmedia
ISBN	978-89-6371-757-9(04810)
	978-89-6371-755-5(전3권)

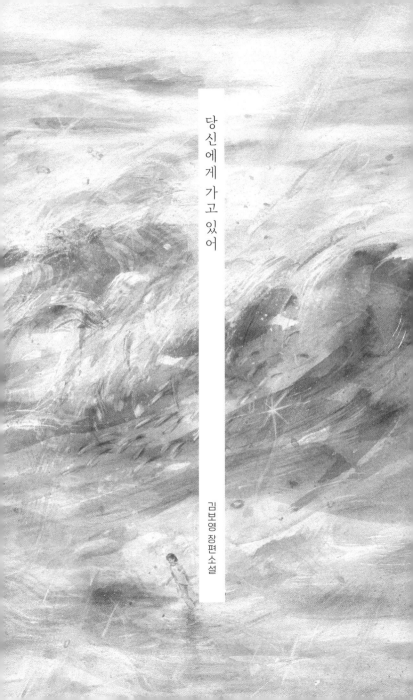

당신에게 가고 있어

김보영 장편소설

차
례

첫 번째 편지

항해 1일째,

지구 시간으로 1일째

잘 지냈어?

나 지금 가고 있어.

라고 쓰고는 연필을 놓고 창밖을 보았어. 아직 승선이 안 끝나서 기다리고 있어.

밖에는 짐을 이고 진 사람들이 빽빽이 줄 서 있어. 까불며 뛰노는 애들하고 지쳐 엄마 손에 매달려 잠투정을 하는 애들도 보여. 손을 맞잡고 사이좋게 계단을 오르는 노부부며, 호들갑을 떨며 쉼없이 먹고 떠드는 내 또래 사람들도 있어. 저기한구석에는 서로 부둥켜안고 기나긴 작별 인사를하는 사람들로 붐비고.

몰래 빠져나오느라 짐을 많이 못 챙겼어. 이북 리더기 하나만 겨우 갖고 나왔네. 이거 저가형인 데 액정이 뭔 손목시계만 해. 너무 쪼그매서 읽는 건 무리고 소리는 들을 만해. 그래도 고전소설을 백 권쯤 담아 놨으니 두 달간 심심하지는 않겠지.

　　편지가 손 글씨라 좀 놀랐지? 아, 당신이 받을 때엔 음성으로 변환돼서 가려나.

　　나도 연필과 편지지를 받고 좀 놀랐어. 내가 승 무원한테 왜 연필이냐고 물으니까 "연필은 중력 이 없어도 쓸 수 있거든요."라는 거야. 그리고 연 필을 거꾸로 드는 시늉을 하더니 "왜, 누워서 쓰 면 볼펜은 안 나와도 연필은 나오잖아요."하는 거 야. 내가 아니, 아니, 그게 아니라 왜 종이냐고 물 었지. 승무원이 "기계는 계속 바뀌거든요." 하더 라고. 내가 못 알아들으니까, 그래서 기계는 아무 리 간단하게 만들어도 쓸 수 없는 사람이 있다는 거야. 노인들, 아이들, 다른 별에서 온 사람들, 가 끔은 가난한 사람들. 하지만 편지는 누구나 쓰고 싶어 하지 않겠느냐고.

　　그래서 우리가 종이에다 쓰면 사진을 찍어 전

송하고, 받는 데서 알아서 변환을 한대.

　아까는 배 안을 기웃기웃하며 쏘다니다가 들켜서 승무원한테 혼이 났어. 머쓱해져서 방에 와 있어. 알잖아. 난 낯선 데 가면 일단 주변 뒤지는 버릇 있는 거. 숨을 곳과 도망칠 곳을 확보하고 나서야 안심을 하지. 암튼 우리 가족하고 살다 보면 그렇게 된다니까.

　항해사 AI가 안내 방송 할 때마다 깜짝깜짝 놀라. 내가 쓴 문장이 그대로 나오거든. 내가 외주한 게 언젠데 아직도 쓰나 몰라.

　지금은 심심해서 방 사람들하고 '청소밥놀이' 하는 중이야. ……아, 뭔지 알아? 나 어릴 때 진짜 많이 했는데. 하긴, 여자애들 놀이라 당신은 모를 수도 있겠다. AI 대화문 카피라이터들 모이면 이거 완전 목숨 걸고 해.

　AI한테 두 사람이 동시에 명령을 내리는 거야. 한 사람은 청소를, 한 사람은 밥을 하라고 시키고, AI가 명령을 따르는 쪽이 이겨. 옛날 AI는 무조건 순서대로 수행했는데 요새는 더 복잡하게 판단하거든. 이를테면 '밥을 해.'라는 명령보다는 '오늘 오후 7시 30분까지 청소를 해.'라는 명령이 우선해. 시간제한이 기계에게 절박함을 주거든. 근데 이게 남편 집안일 시키는 요령이랑 비슷하댄다? 그래서 여자애들이 나중에 남편 일시키는 훈련하라고 만든 놀이라는 말도 돌아.

　내가 당신으로부터 빛의 속도로 4년 하고도 4개월 12일은 날아야 갈 수 있는 곳에 있다는 게 믿기지 않아. 그건 내가 9조 5천억 킬로미터를 네 번 가고도 또 그 3분의 1은 더 가야 당신을 만날 수 있다는 뜻이지.

　물론 배가 빛의 속도에 이르면 시간은 멈추니까, 내가 느끼는 시간은 빛의 속도까지 가속하는 데에 한 달, 감속하는 데에 한 달, 두 달뿐이겠지만.

　당신한테 알파 센타우리에 갔다 온다고 했을 때가 떠올라.

　가족이 이민 갈 때 따라갔다가 발만 딱 디디고 돌아오겠다고 했지. 다른 별에 다녀오면 외행성 거주권이 생기니까, 그걸 갖고 오면 직장 잡기 편하다고 했어. 이런저런 세금 혜택도 많다고. 왕복

4개월만 참으면 된다고.

"그건 당신 입장에서고."

당신은 나를 물끄러미 보며 손가락을 차곡차곡 접었지.

"나는 그 4개월에 8년 8개월을 더해서 9년은 더 기다려야 하겠네."

"그래."

나는 말하고 눈을 감고 당신 답을 기다렸지. '헤어지자는 말을 어렵게도 하네. 빠이빠이, 나는 그럼 새 여자 찾으러 떠날게.'

하지만 당신은 그러지 않았어. 대신 다음 날 성간 결혼 가이드 책자를 한 아름 들고 왔지. 그러곤 4년 반만 돈을 모으면 '기다림의 배' 표를 살 수 있을 거라고 했어. 지구를 빛의 속도로 돌면서 다른 별에서 오는 사람과 시간대를 맞추는 배라고 했지.

"그러면 4년 반만 기다리면 돼."

그 말을 듣고 나는 당신을 안고 많이 울었어.

당신은 참 멋질 거라고 했지. 이러니저러니 해도 복지는 매년 좋아지고 있고, 좋은 기술은 계속 생겨난다고. 몇 년쯤 미래로 가는 게 보험 드는 것보다 낫다고 말야.

당신은 아는 것 같았어. 내가 가족을 우주 저편에 놓고 오려 한다는 걸.

같은 별은 안 돼. 이젠 인터넷으로 행성 반대편이라 해도 실시간으로 만날 수 있잖아. 내가 그들에게서 벗어나려면 그들을 다른 시공에 두고 오는 수밖에 없어. 빛의 속도로 쫓아와도 몇 년은 걸리고, 아버지가 "너 지금 어디 있어?" 하고 역정을 낼 때 내가 "어머나, 글쎄요." 하고 답하는 데에 8년 8개월 24일은 걸리는 곳에다가.

당신과 사귀고 얼마 안 됐을 때가 떠올라. 나는 계속 약속을 어겼지. 며칠씩 연락이 끊기기도 했고. 난 당신이 다른 남자들처럼 떠나리라 생각했어. 그런데 어느 날 당신이 문자를 보냈지. 어떤 모습으로든 나와 달라고. 기다리고 있겠다고.

내가 며칠 뒤 카페에 갔을 때 당신은 너저분한 차림으로 문 앞에 앉아 있었어. 며칠을 길바닥에서 잔 몰골이었지. 나도 몰골이 말이 아니었어. 푹푹 찌는 날씨에, 잠바에 모자에 안대를 쓰고 목

도리까지 둘둘 말고 있었으니까. 몸에 난 멍은 옷으로 어떻게 숨겼지만, 퉁퉁 부어오른 뺨이며 눈두덩은 고스란히 보였겠지. 난 그때 너무 창피했고, 그런 내 민망한 꼴을 끝끝내 본다고 고집부린 당신이 밉고 원망스러웠어.

그런데 당신은 아무것도 묻지 않았어. 대신 부기 빼는 법이나 피멍에 좋은 민간요법 같은 걸 한참 떠들다가 카페 소파에서 잠들어 버렸지.

"가족이 별건가."

다음에 만났을 때 당신은 말했어.

"그런 건 새로 만들면 돼. 그래서 세상엔 결혼 제도라는 좋은 게 있는 거야. 평균 수명 계속 느니까, 우린 백 살까지 살 거야. 그리고 내가 지금부터 당신이랑 백 살까지 같이 살면, 당신 원래 가족보다 내가 네 배 더 당신 가족이 되는 거야."

그리고 당신은 "그러니까 빨랑 결혼하자, 얼른, 응?" 하고 졸랐지.

그래, 내가 지금 당신에게 가고 있어.

내가 선택한 사람과 네 배 더 가족이 되기 위해서.

기다리고 있어 줘.

두 번째 편지

항해 1개월째,

지구 시간으로 1년 4개월 후

으아앙, 속상해.

　기껏 폼이란 폼은 다 잡고, 당신 감동해서 눈물 퐁퐁 쏟을 만한 편지를 보내 놨는데 이게 뭐야, 난 몰라.

　자기야, 미안해. 진짜 미안해.

　아니, 들어 봐, 글쎄 말야, 빛의 궤도에 올랐는데 구조 신호가 들어왔다는 거야. 배 한 척이 조난당해서 표류하고 있다고. 선장이 목소리를 쫙 깔고 "성간법에 따라 이제부터 멈춰서 구조를 시작합니다."라고 방송하는 거야! 아니, 일방적으로 통보하고 우리 동의는 구하지도 않더라니까? 그 배는 왜 하필 우리 배 앞에서 사고를 냈대?

아니, 내가 구조를 하지 말자는 게 아니라. 알아, 알아, 뱃사람 윤리잖아. 이 망망대해에서 119를 부를 수도 없고 말야. 문제는 우린 지금 빛의 속도로 달리고 있고, 그러면 아무리 열심히 속도를 줄여도 멈추는 데에 한 달은 걸릴 거고, 다시 빛의 속도까지 가속하려면 또 한 달이 걸린다고!

　두 달이라니! 아니, 지구 시간으로는…… 석 달이라니!

　나도 모르게 지나가던 승무원 붙잡고 항의했어. 지금 부부 사이에 쩌정하고 금 가는 소리 들리느냐고, 난 지금 결혼식 가는 신부고 애인한테 벌써 끝내주는 편지도 써 놨는데 어쩔 거냐고 말야. 무심히 듣던 승무원이 어디다 연락을 하더니만 여기 서른 명의 목숨보다 더 중요한 결혼식을 앞둔 분이 계시니 잘 모시라는 거야. 그러고는 어디서 떡대 남자 둘이 나타나더니 사람을 무슨 짐짝처럼 번쩍 들고 방에 던져 놓는 거야!

　아니, 내가 뭘 어쨌다고. 그냥 우리가 희생하고 있다는 걸 좀 알아 달라는 것뿐이었는데!

　좀 전에는 깐깐한 얼굴을 한 다른 승무원이 왔

어. 그리고 조난자들 오면 방을 같이 써야 할 테니 동의서에 사인을 해 달래. 몇 명이냐니까 여덟 명은 올 거래. 네 명이 자는 방에!

내가 동의 안 해 주면 어쩔 거냐니까 그 사람이 "그럼 어쩔 수 없지요."라고만 하고 입을 조개처럼 딱 닫고 방에서 안 떠나는 거야. 와, 칼만 안 들었지 완전 강도네, 강도.

방 사람들하고 한참 화를 냈어. 어떻게 이럴 수가 있느냐고, 우린 다 정당하게 뱃삯 낸 선량한 사람들인데 왜 손해를 봐야 하느냐고. 화를 내니까 배가 고파져서 매운 야식을 잔뜩 시켜서 꾸역꾸역 먹었지 뭐야. 그리고 이북 리더기를 켜고 괴테의 《파우스트》를 듣고 있어. 뭐든 오래된 이야기를 들으면 마음이 안정될 것 같아서 말이지.

미안해, 자기야. 진짜 미안해.

당신을 4년 반이나 혼자 내버려 두었는데, 또 석 달을 더 기다리게 하네. 이젠 하다 하다 결혼식까지 늦는 여자라고 구박받게 생겼네.

한 번만 봐줘. 가면 내가 소원권 스무 장 만들어 줄게. 서른 장이면 될까?

파우스트는 정말 이상한 사람이야.

그게 무엇이든, 생에 단 한 번이라도 "멈추어라, 너는 정말로 아름답구나."라고 말할 수만 있다면, 생에 한 번이라도, 단 한순간이라도 그런 환희를 느낄 수만 있다면 그 자리에서 멸망해도 좋다니, 악마에게 사슬로 칭칭 묶여 끌려가 영원히 나락으로 떨어져도 좋다니, 어쩌다 그런 생각을 다 했을까? 그 사람은 온전히 절망한 사람이었을까, 아니면 죽음보다 절실하게 생을 추구한 사람이었을까?

가면 세상 많이 변해 있겠지?

예전에도 그랬잖아. 건물이든 가게든 거리든 몇 년 가지 않았지. 어제 생긴 가게가 다음 날이면 문을 닫고, 지난달 있던 건물이 다음 달에는 사라졌지. 나라 전체가 자기혐오에라도 빠진 것처럼 계속 자신을 부숴대었잖아. 유래가 깊은 것이라 부수면 안 되는 것들까지도.

그런 데서 살다 보면 무엇이든 정붙이지 않는 버릇을 들여야 했던 것 같아. 무엇을 잃든 아쉬워하지 않는 데에 길들여지면서. 내 기억만이 그들의 유적이었지.

자기야.

지구에는 이제 내 것이라고 부를 만한 게 하나도 없어. 집도 가족도 가진 것도 다 우주 저편에 두고 왔지. 아마 돌아갔을 때엔 내가 알던 거리나 건물도 다 사라져 있겠지.

그래도 하나도 두렵지가 않아.

문득 그런 생각을 했어. 내 집은 공간에 있지 않다고. 내 집은 사람에게 있다고. 그리고 그 사람은 당신이라고. 당신이 내 집이고 내 고향이라고…….

예쁜 말 해 줬으니 늦는 거 용서해 주기야.

내가 지금 집에 가고 있어.

기다리고 있어 줘.

세 번째 편지

항해 4개월 10일째,

지구 시간으로 4년 9개월 10일 후

안녕! 자기! 유후~!

항구에 내리자마자 편지 받았어!

에구에구, 그랬져? 나랑 시간 맞추려다가 배 잘못 타서 3년 늦게 됐다고? 쯧쯧! 그러게~ 좀 잘하지!

나는 '스케일 보소.' 하고 박장대소하고 바로 배편을 잡았어. 마침 바로 출항하는 배가 있더라고. 운도 좋지!

좋은 세상이야! 빛배만 타면 아무리 약속이 어긋나도 시간을 맞출 수 있잖아! 3년이든 100년이든 우리가 못 만날 일은 없는 거지!

기분 째지지 뭐야! 당신 두 달 기다리게 만들

었다고 맘고생 하느라 살도 쪽쪽 빠지고 있었는데, 이젠 당신 쪽이 대형으로 늦었잖아? 이러면 내가 2년 아홉 달 먹어 주고 시작하는 거지? 아하! 앞으로 나한테 잘 보여야 한다, 신랑!

걱정 마, 걱정 마. 복잡한 문제는 이 몸이 다 처리해 놨으니까!

예식장에도 연락했고 당신 친구들에게도 싹 다 연락 돌렸어. 3년 늦는다는 말에 좀 당황들 했지만 다들 다시 오겠대. 벌써 원래 결혼식 날에 자기들끼리 예식장에 모여서 놀고 그랬다더라.

우리 집 세입자들한테도 연락해서 계약 조정했고. 사실 회사에서는 좀 뭐라고 하더라고. 그래도 지금 당신 대타로 일하는 직원은 계약 연장됐다고 좋아하더라.

당신 편지는 음성 파일로 왔어. 지금도 이북 리더기에 넣고 계속 돌려 듣고 있어. 평생 잘할 테니 기다려 달라고 싹싹 비는 부분에선 매번 숨도 못 쉬게 웃어.

있잖아, 자기야.

사실 난 당신이 늦는 게 하나도 싫지 않아. 덕

분에 내 가족하고 3년이나 더 멀어지게 됐잖아? 아유, 우리 귀염둥이, 내 맘을 이렇게 잘 알고. 쪽 쪽!

세상 예상대로 많이 변했더라. 거리에 차가 다 무인 자율 주행 차로 바뀌었더라고. 면허 안 따 두길 잘했지! 휠체어 전용 도로도 생겼고 항구에 는 수화 로봇도 있어. 오늘 자 신문 보니까 내년 부터 대학 무상교육도 단계적으로 실시한대.

당신 말이 맞아. 세상은 점점 좋아지고 있어. 그러니까 3년 뒤는 더 좋아질 거야.

내가 탄 배는 지질 탐사 가는 연구선이야. 소행 성 토양을 수집하면서 부업으로 주변 우주정거장 에 보급을 한대. 격실 일부를 개조해서 손님을 받 아. 성간 여행자는 대폭 늘었는데 선박은 그만큼 늘지 않아서 이렇게 법망 피해서 손님 받는 배가 있나 봐. 보험 안 되는 대신 뱃삯이 엄청 싸.

승객은 다 연구원 아니면 잡상인이고 일반 승 객은 나밖에 없어. 다들 나더러 왜 이런 배를 탔냐고 묻더라고. 그래서 내가 결혼하러 가는 길이라고 했더니 다들 깔깔대고 웃는 거야! 건어물 파는 아저씨가 노가리를 주면서 남자는 그렇게 길게 못 기다린다고, 벌써 딴살림 차렸다는 거야.

그래서 내가 심통이 나서 내가 결혼할 사람은 '남자'가 아니라 '내 남자'라고 쏘아붙였어. 노가리를 아작아작 씹으면서 말이지. 그러고 나서는 창피해서 벽에 머리를 막 박았지 뭐야.

당신은 그냥 남자가 아냐. 내 남자야. 나도 그냥 여자가 아냐. 당신 여자야. 그러니까 우리는 누구와도 달라.

다들 왜 그러는 걸까. 어째서 우리를 만나 본 적도, 관심도 없는 사람들이, 지들이 신탁을 받은 예언자나 된 양, 우리 인생에 관여할 수 있는 자격증이라도 따 놓은 양 얄팍한 충고를 늘어놓는 걸까. 아무리 잘난 사람도, 아무리 똑똑한 사람도, 한 사람이 일생 알 수 있는 건 단 하나 자기 인생뿐인데……

아버지는 내게 접근하는 모든 남자를 미워했

어. 당신과 결혼한다고 했을 때엔 난리가 났지. 내 방 물건을 길바닥에 갖다 버리면서, 내가 인생의 쓴맛을 다 맛보고 고난 속에서 허우적대며 발버둥 친 뒤에야 울며 용서를 빌며 돌아올 거라고 했어. 지금은 그 구체적인 환상의 근거는 뭐였나 싶어. 생각해 보면 엄마 그렇게 고생시킨 사람은 자기였구만.

이렇게 멀리 온 뒤에야 알 것 같아. 그 사람이 그토록 미워한 건 자기 자신이었다고.

누구도 자신만큼 자신을 속속들이 알 수 없고, 그러니까 누구도 자신만큼 자신을 미워할 수 없는 거지. 누구도 자신만큼 자신을 사랑할 수 없는 것처럼.

그래서 그 사람은 나를 그렇게 싫어했나 봐. 내가 그 사람에게서 나왔고, 그래서 자기를 닮았으니까.

당신은 지난 일에 대해서 말하는 법이 없었어. 어릴 때 부모가 당신에게 뭘 해 줬으면 좋았을 거라든가, 옛날에 뭐가 있었으면, 그때 뭘 어떻게 했으면 살림이 나아지고 인생이 폈을 텐데 같은 말. 당신은 늘 지금 아니면 앞으로의 일만 이야기했어.

"과거는 없어. 다 환상이야."

당신은 가끔 그렇게 말했지. 내가 무슨 말이냐니까 설명이 잘 안 된다는 얼굴로 머리를 긁었지.

"생각해 봐. 우리가 과거라고 착각하는 건 전부 다 현재야. 모든 게 다 현재라고."

이제야 그 말뜻을 알 것 같아.

과거는 시간의 강을 따라 흘러가 사라졌고 미래는 아직 오지 않았으니, 실존하는 것은 지금 섬광처럼 나타났다 사라지는 이 찰나의 현재뿐이지. 지난 상처가 마음을 쑤시는 건 실상 그 기억을 떠올리는 뇌가 지금 막 쏟아 낸 화학물질 탓이지.

당신 말이 맞아, 과거는 없어. 과거는 내 기억에만 존재하고, 그 기억은 내가 지금 떠올리고 있는 거지. 미래도 아직 없고, 그 또한 내가 지금 떠올리고 있는 거지.

그래, 나는 이제 그 사람들을 생각하지 않을 거야. 좋은 것만 생각하며 내 현재를 좋은 것으로 만들어 갈 거야.

　"내가 돌아왔어." 하고 말하며 항구에서 당신에게 달려가 품에 안기는 순간을 계속 생각해. 그것만으로도 내 현재가 축복으로 빛나는 기분에 빠져.

　참, 사랑 노래가 나오는 장난감 반지를 샀다고? 그래, 그래, 결혼식에서 끼워 줘. 하객들 다 웃고 난리 나겠다.

　내 집, 내 고향.

　내가 지금 집에 가고 있어.

　잘 자. 사랑해.

네 번째 편지

항해 5개월 26일째,

지구 시간으로 7년 8개월하고 24일 후

어쩌지?

자기야, 나 어쩌면 좋아?

한참 울다가 다시 연필을 들어.

아까 편지 보냈는데 한 장 더 쓰고 있어. 승무원들이 워낙 정신이 없어서 안 보냈을지도 몰라.

주위에 사람이 너무 많고 승무원들이 계속 왔다 갔다 해서 맘껏 울기도 힘들어. 의식을 잃은 사람도 있고 배에서 피가 계속 나는 사람도 있는데, 승무원들이 계속 문을 벌컥벌컥 열고 들어와서는 쓸데없는 질문만 하다가 나가. 항의를 했더니 자기들도 정신이 없어서 그렇대. 승무원이 정신이 없으면 우리는 어쩌란 거야?

　밖을 내다보니 배 옆구리가 너덜너덜해. 날카로운 운석이 찢고 지나갔대. 지금 이 배에서 안전한 곳은 격실 몇 개뿐이야. 화장실도 우주복을 입고 가야 하는데 입으려면 30분씩 걸려. 그것도 순번이 있고. 그래서 신호가 오기 30분 전에 손을 들어야 하고, 그러려면 그보다 한 시간 전에 번호표를 뽑아야 해. 진짜 웃기지?

　좀 전에는 선장이 들어와서는 자기 망했다며 한참 하소연을 하다가 가는 거야. 덕분에 그 사람 부동산이 얼만지, 애는 몇이고 적금은 얼마인지 다 알게 됐다? 웃기지?

　여길 지나는 배는 화물선 아니면 연구용 선박뿐이래. 그나마도 추첨으로 순번을 정해야 하고, 내 번호표로 탈 만한 배는 두 달 뒤에 오는 알파 센타우리로 가는 빛배와 한 달 뒤에 오는 지구로 가는 화물선뿐이야.

　단지 그건 빛배가 아니라서, 지구에 가는 데 11년이 걸린대.

　11년…….

11년이라니.

그리고 그걸 타면 먹을 데도 잘 데도 쌀 데도 없어서, 조난자 용도로 마련된 동면실에 들어가서 내릴 때까지 자야 할 거래.

옆에서 또 누가 울어. 또 어디서는 누가 고함을 지르고. 옆에 누운 아주머니가 춥다고 자꾸 이불을 끌어당겨. 그러면서 나더러 쓸데없는 생각 말고 알파 센타우리로 돌아가래. 동면 잘못했다가 냉동 고기가 돼서 죽은 사람 많다고. 그리고 당신은 떠났다고, 벌써 떠났다고……

…….

11년,

아니 18년 8개월…….

당신더러 또 배를 타라고는 못 해.

이젠 뱃삯 낼 저금도 없을 거고, 대출 땡겨 탄다 해도 집도 절도 없는 신혼부부가 대출 이자 갚으며 살림 시작해서 어떻게 살아. 18년이나 경력 단절된 사람이 일자리는 또 어디서 구해? 기술이고 뭐고 다 변해 있을 텐데. 시집가도 당신이 취할 때마다 나랑 결혼하려다 인생 꼬였다고 꼬장

부리고 그러면 나 어떻게 살아.

당신과 결혼하고 싶었는데,

당신과 네 배 더 가족이 되고 싶었는데, 다 틀렸나 봐.

그래도 나는 지구로 가려 해.

내게 무슨 다른 선택이 있겠어? 내 집은 당신뿐인데.

기다려 달라는 말은 차마 못 할 것 같아.

그저 항구에 나와 줘.

11년 뒤에 나를 마중 나와 줘. 아내하고 애들 데리고 와도 돼. 괜찮아. 뭐, 다 이해할게. 의연하게 악수하고 같은 남자한테 코 꿰인 비슷비슷한 여자들끼리 종일 수다나 떨지, 뭐.

그저 당신을 만나고 싶어.

그럼 다 괜찮을 것 같아. 같은 하늘 아래에 당신이 있다는 것을 아는 것만으로. 그러면 우린 떨어져 있어도 같이 사는 거지, 뭐. 집이 좀 클 뿐이지.

다섯 번째 편지

항해 6개월 26일째,

지구 시간으로 7년 9개월 24일 후

이제야 편지 써서 미안해.

거기선 도저히 편지를 쓸 수가 없었거든. 아무 것도 아닌 일이긴 한데 거기선 아무것도 아닌 일을 할 수가 없었어. 종일 사람과 살을 부대끼고 있으면 상상할 수 있는 일이 다 일어나더라. 누가 조금이라도 눈에 띄는 기색이 있으면 이성을 잃었어.

이제야 혼자야.

간신히.

그런 곳에서 어떻게 한 달을 버텼는지 모르겠어……. 아니, 그만두자. 과거는 떠올릴 때에만 존재하는 거니까.

여기 완전 냉동고네. 손이 곱아서 잘 안 써져. 내부 온도가 화물 신선도에 맞춰져 있거든. 훈HUN한테 난방 틀어 줄 수 없냐고 했더니 난방 시설이 없대. 조명도 없어서 지금 이북 리더기 빛으로 비추며 쓰고 있어.

참, 훈은 이 화물선 선장이야. 인간은 아니고 AI야. 아주 똑똑해. 뭐 물어보면 화도 안 내고 설명도 차근차근 잘해 줘.

동면하기 전에 속을 비워 놓으래서 지금 쫄쫄 굶고 있어. 배고파 죽을 것 같아. 곧 내 체액을 다 빼고 부동액으로 교체할 거야. 투석 비슷한 거라고 생각하래. 근데 만약 내 몸이 부동액에 알레르기 반응을 보이면 죽을 수도 있대. 그래도 시체는 잘 냉동 보존되어 가족에게 갈 테니 걱정하지 말래. 뭐래, 정말.

편지 보낼 수 있냐고 물어봤어. 훈이 말하기를, 당신이 원래 타고 있던 배에 계속 있으면 받을 수 있을 거래. 하지만 다른 배로 옮겨 탔다면 주소를 모르니 못 보낸대. 하긴 그렇겠지.

동면 준비가 끝날 때까지 할 일이 없어서 훈하

고 '청소밥놀이'를 했어. 내가 '오늘 오후 7시 30분까지 청소를 해.'보다는 '굶어 죽기 직전이야. 요리를 해.'가 우선할 거라고 했어. 사람의 생존이 무엇보다 중요하니까. 그러니까 훈이 애매하다는 거야. 사람은 '죽겠다.'는 말을 관용어로 쓰는 버릇이 있어서 좀 더 확실한 근거를 대야 할 거래. '나는 식이요법이 필요한 환자고 정확한 시간에 식사를 하지 않으면 위험해.'라고 하라는 거야. 물론 진짜 환자인지 아닌지는 알 수 없지만, AI 입장에서는 그걸 확인하다 때를 놓칠 수는 없으니 실행을 할 거라고.

당신 만나면 하루 종일 떠들 거야. 내가 지난 한 달간 얼마나 고생했는지! 만나면 누가 더 고생했는지 붙어 보자!
그리고 내가 이기면 좋겠어.
당신은 힘든 일 하나도 안 겪으면 좋겠어. 나 없는 동안 배부르고 등 따시게 지냈으면 좋겠어. 행여 날 걱정한다고 인생을 망치지 않았으면.
진짜야. 그러지 않으면, 나야말로 당신에게 미

안해하다 인생을 망칠 수도 있다고.

나 갈 때까지 맛있는 거 많이 먹고, 여행 많이 다녀. 재미있는 것도 많이 보고. 대신 좋은 일이 있으면 한 번씩은 나를 생각해 줘. 그러면 내가 거기에 당신과 함께 있을 테니까.

그리고 항구에 나와서 11년간 그렇게 살았다고 말해 줘. 약속해.

그러면 편히 잘 수 있을 것 같아.

안녕, 내 사랑.

날 사랑해 줘서 고마웠어.

덕분에 행복했어……

여섯 번째 편지

항해 6개월 26일째(잔 시간 빼고),

지구 시간으로 19년 2개월 4일 후

깨어나자마자 기분이 이상했어.

나는 처음에 배가 불시착했거나 잘못 왔다고 생각했어. 지구가 아니라고 생각했어. 최소한 한국은 아닐 거라고.

냄새가 달랐어. 공기는 텁텁했고 흙내와 풀내가 코를 찔렀어. 고요한 가운데에 "화물을 출하해 주십시오.", "관제탑은 나와 주십시오.", "아무도 없습니까?" 하는 훈의 안내 방송만 들려왔어.

몸속을 채웠던 부동액이 막 혈액으로 교체된 참이라 얼어 뒤질 지경이었어. 차가운 겨울 바다에 백 년쯤 빠졌다 나온 냉동 만두가 된 기분이었어. 어질어질하고 몸에 힘은 하나도 없고, 숨 쉴

때면 폐에서 썩은 기름내가 나는 것 같았어. 파삭 늙은 여자처럼 달달 떨며 훈이 옆에 마련해 둔 따듯한 욕조에 어찌어찌 기어가 풍덩 몸을 담갔어. 몸이 좀 녹은 뒤에야 겨우 정신을 추스르고 주변을 살폈어.

문은 열려 있는데 사람은 안 들어오고 비바람만 들이치는 거야. 컨베이어 벨트에서는 화물이 덜컹거리며 실려 나가서 풍풍 소리를 내며 떨어졌어. 걸쭉한 죽에 빠지는 것처럼. 풍. 풍.

내가 훈을 부르니까 그제야 방송을 멈추고 답하더라고. 선체 점검 문제로 살짝 연착되었대. 얼마나 늦었느냐니까 그러는 거야.

"별로 안 늦었어요. 예정보다 1년 하고 4개월하고 4일 정도죠."

1년.

훈의 기계적인 목소리가 정말로 기계적으로 들렸어.

밖은 어두컴컴했어. 시커먼 비바람이 통곡하듯이 몰아쳤어. 사방이 개펄인데 물풀이 점령군처럼 사방 천지를 뒤덮어서 어디가 바다고 어디가 땅인지도 알 수가 없었어.

화물 상자 하나를 부숴서 나무판자를 뜯어냈어. 그걸 진흙탕 위에 던진 뒤 매달려 허우적허우적 헤엄을 쳐서 빠져나왔어. 돌아보니 배는 진흙탕에 반쯤 처박혀 있었어. 늪이 조용한 괴물처럼 배를 잡아먹으려는 것 같았어.

진창은 항구 안쪽까지 이어졌어. 어디를 보아도 배는커녕 사람 흔적도 없었어. 난 다시 한번 내가 다른 행성에 불시착한 모양이라고 생각했어.

대합실은 식물에 점령되어서 작은 둔덕 같았어. 뒤덮인 담쟁이덩굴을 손칼로 잘라 내고 들어가 보니 안은 난장판이었어. 벽에는 총탄 자국이 벌집처럼 남아 있고, 바닥에는 검붉은 피가 말라 붙어 있었어. 전광판은 꺼져 있고 그 위에는 누가 썼는지 야광 도료로 쓴 글씨가 보였어.

성간 여행에서 돌아오신 분들을 환영합니다.
안타깝게도 지금 한국의 상황은 매우 좋지 않습니다.
남쪽에서는 원전이 터졌고 내전이 계속되고 있습니다.
다른 나라도 상황이 좋지 않습니다.

서둘러 다른 시간대로 가십시오.

"다른 시간대로 가십시오."

나는 덜덜 떨리는 몸을 붙잡고 그 지시문을 한참 보았어. 그 옆에는 뭘 조심하라는 경고문이 스프레이로 쓰여 있었는데, '방사능'이라는 글자를 지우고 그 위에 '계엄군', 다시 그 위에 '도적 떼', 다시 그 위에 '자경단'이라고 쓰여 있더라고. 사람들마다 뭐가 제일 위험한지 생각이 갈렸나 봐.

나는 훈에게 잘못 왔으니 집에 가자고 하려고 밖으로 나왔어. 전광판 위의 글자가 한글이었다는 생각은 한참 뒤에나 들더라고.

우박처럼 쏟아지는 빗속에서 개펄을 헤매는데 저 멀리 기묘한 게 보였어.

낡은 천막 같았어.

비바람이 칼처럼 갈기갈기 찢어 놓은 천막이었어. 가까이 가 보니 천막 뒤로 바닥이 넓게 눌려 있는 거야.

뭔가 작은 우주선만 한 물체가 거기 오래 버티고 있어서, 그 자리만 비바람이 들지 않고 식물이

자라지 않은 것처럼. 옆에는 철제 물통과 밥그릇 같은 것도 굴러다녔고, 그릇에는 사료 비슷한 것도 말라붙어 있었어. 마치 누가 조금 전까지 있다가 막 떠나기라도 한 것처럼.

하지만 내가 보는 사이에 천막은 바람에 휘말려 날아갔고, 눌린 흔적은 벌컥거리는 빗물에 삼켜져 버렸어.

사라지고 나니까 방금 본 것이 내 환상이었는지, 아니면 실제로 봤는지도 모르겠는 거야.

나는 정신없이 진흙탕을 헤집었어. 거기 당신이 땅을 파묻고 숨어 있기라도 할 것처럼. 그러다 소리 높여 당신을 부르기 시작했는데 돌아오는 건 서럽게 몰아치는 바람 소리뿐이었어.

그리고 너무너무 겁이 났어. 행여 당신이 여기서 나를 기다렸을까 봐. 제시간에 와서 나를 기다리다가 배신감에 치를 떨며 떠나 버렸을까 봐. 내가 본 것이 환상이기를, 환상이 아니라면 여기 있던 사람이 당신이 아니었기를 바라고 또 바랐어.

그러다 정신이 번쩍 났어. 도로 배를 타야겠다고 생각했어. 배를 타고 당신을 찾으러 가야겠다고.

그런데 돌아가 보니 배는 진창에 벌써 반쯤 가라앉고 있었어. 입구로는 흙탕물이 벌컥거리며 들어갔어.

내가 비바람을 맞으며 서 있는데 주머니에 넣어둔 이북 리더기에서 선장의 말이 들리는 거야. 그나마 있던 액정은 나갔고 소리밖에 안 들렸지만.

"상황이 좋지 않네요. 제가 얼마나 더 멀쩡하게 굴러갈지 모르겠어요. 원하는 게 있으면 지시를 내려 주세요. 메일함 확인하시겠어요? 비번 알려 주시면……."

나는 구조 신호를 보내 달라고 했어.

우주 어디로든, 아무 배로나.

지금 이 항구에 사람이 있다고. 그러니 당장 날 어디로든 데려가라고. 안 그러면 나 춥고 배고프고 애인도 못 만나서 외로워 죽을 거고, 그러면 다 네 책임이니까 위에다 민원 넣어서 널 조각조각 분해해 버릴 테니 알아서 하라고 했어.

훈은 "뒷부분은 관용 어구인 것 같은 데다가 논리도 이상하지만 받아들이죠." 하고 내 명령을 최우선 순위로 올렸어.

일곱 번째 편지

항해 7개월 24일째(여전히, 잔 시간 빼고),

지구 시간으로 19년 3개월 2일 후

잘 있었어?

당신이 이제는 편지 받기 힘들 거란 생각을 하면서도 연필을 들어.

당신이 저번 편지를 받았으면 어떡해. 지금 못 받아도 나중에 받으면 어째. 쪼글쪼글 늙어서 우연히 내 편지를 받았는데 내가 그 항구에서 구조 기다리다 말라 죽어 간 줄 알고 늘그막에 많이 울고 그러면 안 되잖아. 그래서 알려 주려고.

나 구조되었어. 한 달 걸리긴 했지만.

화물선이 다 가라앉는 데에는 열흘이 걸렸어. 그동안에 매일 안에서 쓸 만한 것들을 꺼내 놨어.

혹시나 싶어 AI 선장 훈도 따로 백업해 두었고. 핵심 코드만 빼서 넣으니 리더기에도 들어가더라. 작동은 안 되겠지만.

도시도 가끔 돌았어. 어딜 가나 사람들이 다 떠나서 텅 비어 있었어. 우리가 결혼하기로 했던 교회에도 가 봤는데, 그 건물은 그래도 상태가 좋더라고. 신앙이 있는 사람들이 오가다 지내고 가나봐. 나도 거기서 한동안 지냈어. 혹시 몰라서 당신에게 메모를 붙여 놓았는데, 당신이 볼 수 있으면 좋겠다.

참, 당신이 알면 좋아할 일이 있어.

당신 친구들이 우리 두 번째 결혼식 날에도 온 모양이야. 단체 사진을 남기고 갔어. 기다리고 있으니 꼭 오라는 메모와 함께.

말했듯이, 배는 한 달 뒤에 왔어.

그 여객선 선장 얼굴 한번 보여 주고 싶은데. 희한하게 익숙한 기분이 드는 사람이었어. 무슨 만주 벌판에서 말 타고 다니면서 사람 목 뎅겅뎅겅 벨 것처럼 생겼더라니까.

여객선에는 카페도 있고 벼룩시장도 있었어. 지금은 다 다른 용도로 쓰이고 있었지만.

배정된 방에 들어가니 버려진 길고양이 같은 눈을 한 여자아이들이 방 여기저기서 기어 나왔어. 코딱지만 한 방에 아홉 명이 살고 있었어. 침대 하나를 넷이 쓰고, 책상 밑에서 하나, 옷장에서 하나, 화장실에서 하나, 찬장에서도 하나 나왔어. 그리고 이 방을 다스리는 작은 여왕 같은 여자가 하나 있었고. 그 여자는 팔짱을 끼고 꼿꼿이 서서 나를 위아래로 샅샅이 훑어보더니 인성 검사나 아이큐 검사 비슷한 질문을 던지더라고. 그리고 아이들과 한참 토론을 하더니 침대와 침대 사이에 난 좁은 공간에 내 방을 마련해 줬어. 내가 몸을 겨우 끼워 넣는 걸 보더니, 공간은 늘지 않을 테니 내 살을 빼든 키를 줄이든 알아서 하래.

여객선은 벌써 수용 한계를 넘은 것 같은데 사람을 계속 받고 있었어. 우리 방 주인 여자 말에 의하면 선장은 무슨 쇼가 필요한 거래. 자신이 사람을 벗어난 존재고 인류의 구원자가 될 자격이 있다는 증명 같은 것. 그리고 내가 그 증명 중 하나라는 거야.

배에서는 종일 같은 노래가 흘러나와. 옛날 가수 노래인데, "집으로 돌아가는 길에~" 하고 시작을 해. 그리고 배 여기저기에 '집에 돌아간다'라는 팻말이 붙어 있어.

선장은 원대한 계획을 세우고 있어.

10년에 한 번씩 항구에 내려가 두 달씩 머물고, 주변 관리를 하고 우주로 떠났다가 돌아오기를 반복한다는 거야. 땅에 씨를 뿌리고 나무를 심고, 10년 뒤 나무가 자라 숲을 이루면 다시 씨를 뿌리고. 그걸 열 번을 할 거래. 열 번 만에 안 되면 다시 열 번을 더 할 거고.

선장 방에는 옛날 인천 사진이 덕지덕지 붙어 있어. 선장은 언젠가는 그 사진에 있는 건물도 다시 다 지을 거래. 설마, 그냥 하는 말이겠지? 좀 미심쩍기는 해도 그 사람의 확신과 추진력이 사람들 기운을 북돋아 주는 모양이야.

한 번 돌아갈 때마다 4개월.

10년에 한 번씩 열 번. 그러면 40개월. 3년 하고도 4개월. 그 정도면 해 볼 만한 일인 것 같았어.

당신이 시간을 타고 떠났으리라고 생각해. 지구에 남을 만하다고 생각했다면, 당신은 대합실에 쓰여 있던 경고를 지웠을 테니까. 나중에 올 사람들이나 나를 위해서. 물론 당신이 정말로 거기 있었다면 말이지만……

식당에서 밥을 먹는데 내 앞에 있던 사람이 나더러 왜 이 배에 탔느냐고 물었어. 그래서 내가 남자 만나러 가는 중이라고 했더니 다들 식당이 떠나가라 웃는 거야.

내 앞에서 눈물까지 흘리며 웃던 사람이, 내가 당시을 만나지 못할 거래. 벌써 오래전에 죽었거나 날 잊고 떠났을 거라고. 그래서 나도 말했지. 당신들도 고향으로 돌아가지 못한다고. 그 고향은 사라져 버렸다고. 그래도 당신들은 고향을 찾고 있지 않느냐고 했어.

그러니까 다들 조용해졌어. 그리고 하나둘 자리를 떠났어. 나를 적대하고 배척하겠다는 결심을 나누는 눈빛을 하고. 우리 방 주인이 마지막으로 일어나면서 그러더라고.

"어리석은 선택을 했어, 난민. 남의 땅에 무임

승차를 했으면 고분고분하게 굴었어야지."

　소등 시간이야. 불을 꺼야 해.

　어둠 속에서 아이들이 새끼 고양이처럼 비비적대며 도란도란 속닥이는 소리가 들려. 나는 침대 사이에 웅크려 누워 당신을 생각해.

　내 집, 내 고향.

　어디에 있든 건강하기를. 당신의 시간이 다 좋은 것으로 채워져 있기를.

여덟 번째 편지

항해 2년 4개월째,
지구 시간으로 70년 6개월 후

오랫동안 편지 못 해서 미안해.

　이 배 통신사는 좋은 사람이지만, 애인한테 편지 보내 달라면 찌증을 내. 뭐, 이해는 해. (솔로인가 봐.) 그래서 배급 식량이나 선물을 주며 달래야 하는데 나는 별로 가진 게 없거든.

　지구에 다녀온 게 벌써 다섯 번째야.

　일은 생각보다 순조롭게 흘러가고 있어. 어쩌면 예정된 10회를 다 채우지 않아도 될 것 같아. 옛날 다큐에서 본 적 있어. 방사능으로 오염된 체르노빌과 후쿠시마에 몇 해 사이에 야생 동물과 식물이 울창하게 뒤덮었다고. 자연 입장에서는 인간만 한 오염은 없다고 말이야.

우리는 체계적으로 일하고 있어. 근처 공장에서 산업 로봇을 대량으로 발굴했어. 그걸 남쪽의 원전에 보내 방사능 물질을 바다에 묻기 시작했어. 다들 우리가 신화적인 일을 하고 있다고 해.

나는 탐사단에 들어갔어. 탐사단이라는 말에 당신이 웃는 소리가 들리는 것 같네. 책상 앞에 죽치고 앉아 책이나 파던 사람이 탐사단이라니.

지프를 몰고 다니며 텅 빈 도시를 돌아보는 일을 하는 팀이야. 쓸 만한 물건을 찾으면 싣고 돌아오지. 그러면 감독관이 점수를 매겨. 점수 매긴다니 웃기지? 다 같이 정한 거야. 적당히 경쟁을 하는 게 서로 격려가 될 거라고. 잘한 사람은 사탕이나 초콜릿을 상으로 받아. 금보다 귀한 것이지.

도시에 갈 때마다 우리가 결혼하기로 했던 예식장에 들러. 갈 때마다 식물을 걷어 내고 청소를 하고, 당신을 위한 메모를 하나 더 붙여.

한번은 그러다 선장한테 들켰어. 바닥을 닦는 나를 보면서 문에 서서 히죽히죽 웃더라고. 그러더니 "사랑~ 좋지요." 하면서 벽을 쓰다듬는 거야. 다 이해하니까 괜찮대. 올 때마다 여기서 며칠씩 지내라는 거야. 좀 이상하긴 해도 큰 배려라 감사하고 있어.

얼마 전에 안 좋은 일이 있었어. 우리 난민 중 하나가 사고를 쳤어. 전부터 좀 이상한 사람이었어. 우리가 배를 장악해야 한다는 거야. 우리는 '난민'도 '이주민'도 아니고 '개척자'고, 안일하고 게으른 저 토착민들보다 더 용감하고 진취적인 사람들이니 우리가 배를 지배해야 한대. 아니, 우린 겨우 스무 명인데 말야. 나는 이상한 소리 하지 말라고, 이건 그냥 배라고, 작은 배 하나일 뿐이라고 했어. 그런데 정말 그 사람이 몇이서 기관실을 습격했다가 붙들렸나 봐.

그 후로 분위기가 좀 흉흉해. 사람들이 모일 때마다 뒤에서 쑥덕대. 우리가 자신들이 정당하게 누려야 할 먹을 것과 입을 것을 빼앗고 있대. 우리가 여자들과 아이들의 목숨을 위협할 거라는 말도 해. 이상한 말이잖아. 우리도 반은 여자고 아이들인데.

소등 시간이 지나도 잠이 안 오면 훈하고 '청소

밥놀이'를 해.

　아, 이 여객선 AI가 맛이 가서 내가 가져온 훈으로 업데이트를 했거든. 백업할 때 잠깐 내 아이디로 권한 설정한 게 남아 있는지, 가끔 주파수 혼선이 오면 내 이북 리더기와 연결이 돼.

　나는 "이 배에 있는 모든 사람들이 폐 질환에 걸릴 지경이야. 당장 청소를 해 줘."라고 하면 그게 최종 명령이 될 거라고 했어. 다수의 생존이 개인의 생존보다 우선하니까.

　그러자 훈이 말하더라고.

　"네, 물론 다수가 소수보다 우선하죠. 하지만 문제가 있어요. 다수의 이익은 검증하기가 어려워요. 이 배에 있는 사람 중 한 명만 아니라고 해도 그 말의 논거는 무너지겠지요."

　훈은 한 사람의 생존을 외면하는 명령을 내리고 싶으면 먼저 모두의 동의를 받아야 할 거라고 했어. 말하자면, 사람 하나를 버리려면 민주주의의 도움을 받아야 할 거라고…….

　지난번에는 가족이 하나 땅에 내렸어. 가 본 사

람들 말에 의하면 애들이 열넷으로 불어나 있었대. 벽난로에서 장작이 타고 텃밭에서는 감자와 옥수수가 자라고 있더래. 여객선이 돌아올 때쯤에는 가장 큰 아이가 매일 밤 집 앞에서 등불을 밝혔대. 아이들은 우리를 예정된 날에 하늘에서 내려오는 천사쯤으로 생각하고 있었다는 거야.

이번에는 세 가족이 더 내렸어. 선장의 아내와 아이들도 내렸어. 아이를 땅에서 키우고 싶대.

잘될 것 같아. 2를 열 번 곱하면 1024잖아. 내려간 가족들이 작은 부락의 조상이 되는 건 금방일 거야.

배 안에서는 이런저런 교육이 활발하게 돌아가고 있어. 우리가 어릴 때 배운 것과는 완전히 달라. 선생님 협회가 만들어져서 아이들에게 농사를 짓고, 사냥을 하고, 먹을 수 있는 식물을 채집하는 법을 가르쳐. 새 교과서를 만드는 편찬위원회도 생겼어. 윤문하고 교정은 내가 했고. 문장좋다고 칭찬도 많이 받았어.

내 방에서 돌아가는 건 항법이야. 우리 방 주인은 원래 항해사였대. 그런데 선장하고 사이가 틀어져서 밀려난 모양이야. 어차피 사람보다 AI가 더 정확하기도 하고.

우리 방 주인은 방 벽에 큰 비닐을 붙여 두고 매일 매직으로 복잡한 방정식을 쓰고 애들에게 풀게 해. 애들은 그 식을 각자 분할해서 계산하고 합쳐. 먼 옛날 컴퓨터가 없었을 무렵 사람이 계산해서 인간을 달에 보냈던 방식 그대로. 언젠가 이 배의 항해 AI가 고장 나도 인간의 힘으로 배를 움직일 수 있도록 준비하는 거래.

모든 게 다 잘될 것 같아. 인간이란 위대하기도 하지.

아홉 번째 편지

항해 2년 5개월 20일째,

지구 시간으로 (약) 74년 뒤

끝났어. 다 끝났어.

훈이 지구가 이상하대서 허겁지겁 돌아왔어. 와 보니 지구는 검은 구름에 뒤덮어 있었어. 연기에 뒤덮인 시커먼 구체처럼 보였어. 창밖으로 그 광경을 본 사람들은 모두 비명을 지르며 아우성 쳤어.

무슨 일이 있었는지 모르겠어. 전쟁 때문이었는지, 아니면 소행성 충돌 때문이었는지, 문명이 있던 시절에는 지구 주위를 떠도는 소행성을 감시하는 체계가 돌아가고 있었다는 기억이 났어. 그런 것이 이제 다 사라져 버렸다는 것도.

우리가 가꿔 온 작은 마을은 다 눈 속에 파묻

혀 버렸어. 열네 명의 아이가 살던 집도, 새로 내려간 세 가족의 집도, 선장의 가족도 흔적도 없이 사라져 버렸어. 설령 그들이 재난에서 살아남아 어딘가로 떠났다고 해도 1년을 버티지 못했을 거야. 식물이 죽고 동물도 따라서 죽었을 테니, 겨울을 살아 내지 못했을 거야.

선장은 미친 것 같아. 며칠은 말을 더듬거리고 며칠은 너무 빨리 해. 며칠은 목소리가 너무 크고, 종일 했던 말을 끝도 없이 반복해. 자기 연필이나 컵이 사라졌다는 말을 하루 종일 하며 온 배를 들쑤셔 놔. 컵 하나 찾는 데 이렇게 시간이 걸릴 일이냐며 다 대가리가 텅텅 비었다는 말도 온종일 해. 그 컵은 선장 눈앞에 고이 놓여 있었는데.

나는 당신을 생각했어. 당신이 아직 지구에 남아 있었다면 살아남을 수 없었으리란 생각이 들었어. 당신이 우주 어딘가를 떠돌고 있기를 바랄 수밖에 없었어. 하지만 그래도 마찬가지로 살아남을 수 없으리라는 데에 생각이 미쳤어.

그 생각을 하자 나는 배에 오른 이후 처음으로 울었어. 뒤에서 지나가던 사람이 "씩씩한 척은 혼자 다 하더니 별수 없네." 같은 소리를 하더라.

문밖이 시끄러워. 이런 시국에는 난민들이 다 배에서 내려야 한다는 시위가 일어나고 있어. 우리 방 주인이 방문을 걸어 잠그고 아이들에게 수학 노래를 가르쳐 주고 있어. 바깥의 소리가 내 귀에 들리지 않도록.

내가 창밖을 보는데 방에 사는 아이 하나가 다가와서는 내 예식장은 괜찮을 거라고 했어.

"얼음 속에서 만 년이나 보존되어 있던 아기 매머드 이야기를 들은 적 있어요." 하면서. 세상은 저 눈보라 아래에 얌전히 잠자고 있을 거라고. 얼음이 너무 두꺼워지지만 않는다면. 너무 무겁고 단단해져서 모든 것을 다 납작하게 뭉개 버리지만 않는다면.

그런 날이 올까.

앞으로 수십 수백 년이 지나, 얼음이 녹아 교회가 모습을 드러내고, 그때 당신이 우연히 예식장에 갔다가 내 메모를 볼 날이 오기는 할까.

그때에 그 종잇조각들이 당신에게 위로가 되기는 할까.

열 번째 편지

항해 2년 8개월째,

지구 시간으로 (어쩌면) 84년 후

다시 지구로 왔어. 원래는 지구가 회복될 때까지 항해할 예정이었는데 말이지. 다른 배가 항구에 온다는 정보가 있었거든.

　지금까지 운행하는 배라면 틀림없이 대형선일 거고, 이런저런 물건도 많이 싣고 있을 거라고 다들 오랜만에 들떴어. 쟁여 놓은 소주나 담배나, 어쩌면 김치도 있을지 모른다고 신이 났지. 한 주 전부터는 사람들이 강경파와 온건파로 나뉘어 격렬하게 논쟁을 벌였어. 강경파는 전쟁을, 온건파는 선물과 외교 사절을 준비했어. 지구에 내릴 때쯤에는 거의 정당이 생길 지경이었어.

　그런데 내려 보니 그냥 무인 돛단배였대. 대양

풍으로 혼자 날고 있는. 나는 3계급이라 그때 배 밑에서 지내느라 보지는 못했지만.

겨우 일 끝내고 올라와 보니 분위기가 바깥 날씨만큼이나 꽝꽝 얼어붙어 있지 뭐야.

다들 허탈해했어. 한동안 다들 죽은 사람들처럼 말도 안 하고 눈도 안 마주쳤어. 실망이 퍼져 나가서 주말에 나이가 많은 사람 셋이 죽었어. 죽음은 참 쉽게도 찾아오지.

돛단배를 위해 아이들과 종이로 꽃을 접어서 창가에 놓아두었어. 긴 세월을 혼자 여행한 그 작은 영웅을 위해서.

3계급이라는 말 잘 못 알아듣겠지?

일을 잘 못하거나 실수를 하면 벌점을 받는데 그게 쌓이면 계급이 내려가. 난 한 달 전까지는 2계급이었는데 국이 든 들통을 나르다가 넘어져 쏟는 바람에 3계급으로 떨어졌어. 하지만 끔찍하게 무거웠거든. 3계급이 되면 배 밑바닥에 내려가 일을 해야 하는데, 할당량을 다 끝내야 나올 수 있어. 계급이 떨어지면 갑자기 모르는 사이처럼 말도 안 붙여 줘.

벌점이 있으면 가산점도 있어야 할 텐데 가산점을 받아 본 적은 없어. 벌점으로 배급을 줄이면 사람들은 물자가 부족하다고 생각하지 않게 돼. 자기가 부족했다고 생각하지. 사람들은 배급이 줄면 윗사람이 아니라 자신을 탓해. 그리고 자신을 실수하게 만든 옆 사람을 탓하지. 그러고 나면 멱살잡이와 주먹다짐이 일어나. 누군가를 두드려 패고 나면 속이 후련해진다는 말도 해.

　나는 벌점이 계속 쌓이고 있어. 뭘 해도 막을 수가 없어. 내 가치를 증명해 보려고 점점 일을 많이 하는데, 그러다 보니 실수가 많아지고 그게 다시 벌점이 돼.

　감시관들은 가산점을 벌려고 아무에게나 벌점을 줘. 그렇게 아무것도 아닌 일로 벌점을 받다 보면 다들 뭘 잘했고 못했는지 판단하는 체계가 완전히 망가지는 것 같아. 잘못을 하고도 억울해서 언성을 높이고, 잘못하지 않았는데도 자책하며 울어.

　3계급 아래로는 떨어지지 말아야 한대. 그 아래로 떨어지면 무서운 일을 겪게 되는데, 너무 무서운 일이니 영원히 모르는 게 좋을 거라고들 해.

식당에서 밥을 먹고 있으면 다들 지친 들개 같은 얼굴로 나를 쳐다봐. 내가 밥을 먹는 것을 수십 개의 눈알로 지켜봐. 내가 입에 넣는 밥알을 세고 내가 떨어트리는 먼지를 노려봐. 다들 날 미워해도 괜찮다는 것을 아는 눈들이야.

선장은 정말 정신이 나간 것 같아. 매일 세 시간씩 연설을 하고 매일 다른 말을 해. 사람이 그렇게 많은 말을 한다는 것 자체가 미쳤다는 증거지.

이해할 수 없는 건 모두들 그 사람을 순순히 따른다는 거야. 다들 입을 모아 이런 시국에는 저런 사람이 필요하다고들 해. 이런 시국일수록 저런 사람은 없는 게 좋을 것 같은데 말이야.

사람들은 너무 불행해진 나머지 누구든 쉽게 괴롭혀도 되는 세상을 바라는 것 같아. 선장이 자기들에게 그런 기회를 만들어 주는 것만으로도 그 사람을 존경하고 숭배해.

아까는 좀 이상한 일이 있었어.

여객선이 막 지구를 떠나려는 참이었어. 창밖

으로 새하얀 눈밭이 눈에 들어왔어. 거기에 덩그러니 놓인 작고 초라한 낡은 돛단배도. 워낙 멀고 눈보라가 짙어서 흐릿하게만 보였어. 배가 작은 눈사람 같다고 생각했지. 그러다 나는 갑자기 격정에 휩싸여 계단을 뛰어올랐어. 그리고 문을 향해 달렸어. 사람들이 날 붙들지 않았다면 아마 그대로 문을 박차고 배에서 뛰어내렸을 거야.

왜 그랬는지 모르겠어. 그저 그 이름도 모르는 작은 배가 그리워서 죽을 것 같았어.

열한 번째 편지

항해 4년 8개월째,

지구 시간으로 (대충) 145년 후

오래 연락 못 해서 미안해.

시간을 내기가 점점 힘들어.

따뜻한 물에 천천히 삶아지듯이 알게 모르게 점점 일이 많아져. 한번은 내가 둔하다고 성질내던 사람이 내가 하는 일들을 다 듣더니 거짓말하지 말래. 사람이 어떻게 그 많은 일을 다 하느냐고.

다들 내게 뭘 맡겨 놓은 사람처럼 화를 내. 내게 분노를 쏟아 내면서 그게 시민의 정당한 요구라고들 해. 내게 비난을 하는 것으로 사회정의를 바로 세우고 세상의 질서를 세운다고들 해. 나 같은 사람이 벌을 받는 게 본보기가 된다고도 해.

항변을 하면 놀림감이 돼. 내가 불순분자들이

좋아하는 인권이나 노동권 같은 말을 하고 있대. 이제 그런 말은 다 조롱거리가 되었지. 다들 '이런 시국에~' 하며 말을 시작하는데 그 '이런 시국'이 언제부터였는지도 기억이 나지 않아.

3계급은 매일 저녁에 몇 시간씩 1계급들의 연설을 들어야 해. 그렇게 어려운 말을 하는 사람들이 그렇게 다 같이 미칠 수 있다는 사실이 놀라울 뿐이야.

이제 선장과 선장 추종자들은 이상한 계획을 시작했어. 정상적인 방법으로는 지구를 되살릴 수 없다는 거야. 교육받지 않은 아이들을 지상에 내리고, 글자나 과학을 모른 채 번식하게(그 말을 들었을 때 믿을 수가 없었어.) 한대. 그리고 수십 년쯤 지나 원시 부족이 형성되면 신기한 기계를 들고 내려가 기적을 보여 줄 거래. 그러면 그들은 우리를 신이라고 믿을 거고, 그렇게 그들을 지배한다는 거야. 더해서 이런저런 신의 계시를 남겨 놓아서 수백 년에 걸쳐 우리의 신성한 옛 도시를 다시 건설하게 한다는 거야.

듣다 듣다 어처구니가 없어서 연설 도중에 말

이 되느냐고 소리를 쳤어. 그리고 4계급으로 굴러떨어졌지.

사실 생각만큼 무시무시하지는 않았어. 한 달을 배 밑바닥에서 살아야 하기는 했지만. 그다음이 더 무서웠어. 돌아오니 난민 여자들이 방에 쳐들어왔어. 나더러 왜 눈에 띄는 짓을 해서 안 그래도 힘든 자기들을 더 힘들게 하냐는 거야. 내가 내부의 적이라는 거야.

좀 전에 오랜만에 훈과 연결되었어.

"목소리가 안 좋네요." 훈이 말했어. "밥을 잘 먹고 잠을 잘 자야 해요."

그래서 답을 했지. "그러고 싶어. 그런데 그러기가 너무 힘들어."

"흔한 인간 세계네요." 훈이 말하더라고.

나는 한 사람의 생존이 다수의 생존에 우선하는 경우를 생각해 봤어.

"나는 전 지구를 휩쓸 전염병으로부터 인류를 구할 수 있는 특수한 피를 갖고 있어. 그리고 지금 밥을 먹지 않으면 나는 배고파 죽을 거야."

그러니까 훈이 '흐, 흐.' 하는 건조한 웃음소리를 출력하며 "점점 더 증명할 수 없는 말이 되어가는군요."라고 하더라고.

그래서 다른 말을 생각해 봤지.

"청소를 원하는 사람들이 나를 따돌리고 밥을 주지 않으려 해."

그러자 훈이 한참 연산을 돌리더니 말했어.

"다수가 집단 가해자라는 가설이군요. 그러면 공익의 문제는 사라지고 선량한 한 사람의 권리가 우선하겠군요. 이건 먹혔어요."

훈은 덧붙였어. "한 번은 해 주지요. 하지만 다음번에는 증명이 필요할 거예요."

많이 노곤해. 자야겠어. 내일도 바쁠 테니까.

자기야.

나는 물들지 않으려 해.

나는 물들지 않으려 해.

물든다 해도 얻는 것이 없으니.

그것만 잘해도, 당신을 만났을 때 잘살았다고 자랑할 수 있을 것 같아.

열두 번째 편지

항해 5년 5개월째,

지구 시간으로 (대충) 170년 후

당신에게 가고 있어.

당신이 이미 이 세상에 없다 해도.

어느 먼 지난 시절에 지구를 떠돌다 조용히 생을 마감했다 해도. 어딘가 정착해서 가족을 이루고 작은 오두막 하나 짓고 오손도손 살다가, 가끔 아이들에게 "그래, 결혼할 여자가 있었지. 약속을 어기고 결혼식장에 나타나지 않았지만 말야." 같은 이야기를 하다가, 늙어서 작은 무덤 하나 남기고 세상을 떠났다고 해도.

이제 난민 중에 교도관이 생겼어. 그 사람이 우리를 다 관리하고, 우리를 괴롭힌 만큼 가산점을 얻어.

어디 가나 적자생존 같은 말이 돌아. 다들 진화
생물학도 정말 좋아하고. 강한 자가 더 갖고 약
한 자가 덜 갖는 것은 당연하다는 식의 말을 자주
해. 그러면서 우리 같은 무임승차자의 권리를 빼
앗는 것으로 정당한 승객들의 권익을 보호할 수
있다고 해.

마음이 캄캄해지는 날이면 당신을 생각해.

당신이 창고에서 땀을 뚝뚝 흘리며 뭔가를 뚝
딱거리고 만들다가, 자랑스럽게 내게 보여 주며
으쓱으쓱 뻐기는 모습이라든가.

버스 정류장에서 기름때 묻은 얼굴로 서성이
다 내가 내리자마자 환하게 웃는 얼굴이라든가.

밤새 사랑을 나눈 뒤 당신과 이마를 맞대고 웃
는 순간이며,

당신과 나눈 온갖 실없는 농담이며 바보스러
운 대화들을 생각해. 당신이 나와 함께 있으면 귀
에서 로맨스 영화 음악이 들린다든가, 내가 세상
에 존재하는 것만으로도 행복해서 어쩔 줄 모르
겠다는 말을 하고는, 얼른 자기한테도 귀여운 말

을 해 달라고 졸라 대던 걸 생각해.

그러면 내 현재가 햇빛처럼 반짝이는 기분이
들어.

자기야, 내가 재미있는 생각을 했어.

훈은 자기를 만든 사람의 정보 데이터를 기반
으로 만들어졌대. 그래서 가끔 지가 자기를 만든
그 사람인 양 굴어. "내가 인간이었을 땐 말이죠."
같은 말도 해. 그러다가는 "알아요, 난 기계죠. 하
지만 인간의 인격일 가능성도 약간은 있기는 해
요." 같은 말을 해.

만약에, 만약에 말이야.

사람의 인격을 컴퓨터에 저장할 수 있다면, 그
입력된 정보 데이터를 인간의 인격이라고 부를
수 있다면 말야.

설령 세상에 영혼이 없다 해도⋯⋯. 어떤 형태
로든 사람의 마음이 기록 안에 담길 수 있다면 말
이야.

그러면, 사람에게 남은 다른 사람에 대한 기억
도 불완전하나마 정보 데이터니, 이 또한 그 사람

의 인격이라고, 적어도 그 파편이라고 볼 수 있지 않을까?

왜 그런 말 있잖아. 우리가 누군가를 기억하는 한 그 사람은 죽지 않는다는 말. 누군가를 기억하면 그 사람은 우리와 함께 살아간다는 이야기 말이야.

만약 정보가 인격일 수 있다면,

내 기억 속의 당신도 인격일 수 있는 거야.

그게 사실이라면,

그게 사실이라면 당신은 지금 나와 함께 살고 있는 거야. 내가 당신을 기억하니까.

나와 함께, 나라는 이 생체 컴퓨터 안의 정보 데이터로서.

그러니까 내가 살아 있는 한 당신은 살아 있는 거야.

그래서 나는 계속 살고자 해. 당신을 살게 하기 위해서. 내가 세상에서 가장 사랑하는 당신을 살게 하기 위해서.

당신이 세상에 존재했다는 증명이자 흔적이 바로 나니까. 내가 당신의 유적이니까.

고마워, 내 사랑.

아침에 눈을 뜨면서 속삭여. 밤에 잠이 들면서 속삭여. 내 안에 있는 당신에게 속삭여.

나와 함께해 주어서 고맙다고. 이렇게 나를 살게 해 주어서 고맙다고.

당신이 나를 살게 하는 거야. 지금 당신이 어디에 있든. 죽었든, 살았든, 무한의 별 무리를 여행하고 있든.

빛의 속도에 이르면 모든 것이 느려져.

가속으로 생겨난 중력은 사라지고 다들 풍선처럼 둥둥 떠다니지. 이 길에서는 폭력도 괴롭힘도 사라져. 누구를 때리려면 발을 디디고 서야 하는데, 중력이 없으니 디딜 수가 없잖아. 마찰력이 없으니 멱살도 안 잡히고. 누굴 치면 자기도 똑같이 뒤로 밀려나 날아가 버리거든.

그 사납던 사람들이 다 낙엽처럼 나풀나풀해져. 이를 득득 갈면서도 일단 중력이 생겨날 때까지 괴롭힘을 미루지.

좁아터지던 방도 운동장처럼 넓어져. 바닥에

누울 필요가 없거든. 천장이나 벽에 자리를 잡고 동동 떠서 호텔처럼 편하게 잘 수 있어.

자기야.

배에서 태어나는 아이들은 땅이 아니라 이 별의 바다를 고향으로 여겨. 그 애들은 배가 정박하면 당황해서 어른들에게 왜 시간이 말라붙어 있느냐고 물어.

그 아이들은 자고 일어나면 모든 것이 다 사라지고 변해 있어야 한다고 생각해. 아침에 눈을 떴는데 어제 있었던 물건들이 그대로 있고, 어제 보았던 하늘이 그 자리에 있으면 어리둥절해해.

자기야.

나는 아이를 낳으면 이 빛의 길 위에서 낳고 싶어. 힘센 사람도 간악한 사람도 공기방울처럼 부드러워지는 이곳에서. 세월이 빛처럼 흘러가 사라지는 이 길에서.

그러면 그 애는 영원히 고향을 잃지 않을 테니까.

우리 아이는 잃을 것이 없을 거야. 저 선장처럼, 이 배의 승객들처럼, 잃어버린 고향을 되찾겠다고 자신을 망치고 세상을 망치려 들지 않을 거야.

그 아이는 고향을 잃지 않을 거야. 이 빛의 길이 그 애의 고향이 될 테니까.

그렇게 하자……. 우리가 만나게 되면.

열세 번째 편지

(아마도)항해 6년 10개월 20일 무렵,

지구 시간 모름

감속을 시작한 지 스무날 째였어. 빛의 길을 벗어나면 나는 늘 겁에 질려. 중력이 사람들을 거칠게 만들거든.

소등 시간이 지나고 사람들이 난민 한 사람을 끌어내는 걸 봤어.

그 사람은 이전부터 내리겠다고 했는데, 일부러 우주 한복판에서 일을 벌인 거야. 지금까지 배를 차지하고 귀한 식량을 축내던 놈이 대가도 지불하지 않고 튀려 한다는 거야. 이해가 안 갔어. 이 사람들, 우리가 배에서 내리기를 원한 게 아니었다는 거야?

어둠 속에서 사람 패는 소리만 들리는데 어느

시점부터는 비명 소리도 잦아져서 더 무서워졌어. 내가 침대 사이에서 떨고 있는데 우리 방 주인 여자가 내 차게 식은 손을 잡으며 말하는 거야.

"일단 어디 숨어 있어요. 한숨 자고 아침에 따듯한 밥 좀 먹으면 진정들 하겠지."

아이 하나가 내게 쌀을 한 줌 줬어. 오래 숨어야 하면 물고 있으래. 허기가 가실 거라고.

그래서 나는 도망쳤어. 여객선 밑바닥을 구석구석 청소하고 다녔던 게 도움이 되더라. 봐 두었던 통로로 생쥐처럼 기어 들어가 아무도 모르는 길을 따라 전선과 파이프가 가득한 기계실로 기어들었어. 좁고 후덥지근한 공간이었어. 거기에서 지쳐 곯아떨어졌지.

그러다 눈을 떴는데 눈앞에 당신이 있는 거야. 엉망이었어. 머리는 까치집에 옷도 넝마인 거야.

"이게 뭐야." 하고 나는 당신 머리를 쓰다듬으며 핀잔을 주었어. "아내가 옆에 없다고 씻지도 않고." 당신도 마찬가지로 내 상처 난 얼굴이며 손을 문지르더라고. "이게 뭐야." 하면서. "어디서 이렇게 다치고 다녀. 남편은 뒀다 뭐 해. 이럴 때

부르라고 있는 게 남편이잖아."

그러더니 당신은 안 씻은 변명을 주절주절 늘어놓기 시작했어. 배가 워낙 작아서 물탱크가 코딱지만 하대. 그러면서 날 코딱지만 한 샤워실로 데려가더니 자기가 무슨 화학식으로 어떻게 물을 합성하는지 자랑하는 거야. 그러고는 칭찬해 달라고 조르더라고.

그리고 묻는 거야. 누가 우리 이쁜 애인 미워하느냐고. 그래서 난 내가 난민이고 이민자고 무임승차자라서 어쩔 수 없다고 했어. 내가 이 사람들 밥과 잠자리를 빼앗고 있다고.

그러니까 당신이 눈을 동그랗게 뜨고 묻는 거야.

"난민이 뭐야?"

그 말에 잠에서 깼어.

윙윙거리는 기계음이 귀를 파고들었어. 나사며 전선이 몸을 짓눌러서 아팠어. 쇳내며 텁텁하고 찌든 냄새에 숨이 막혔어. 에어컨과 공기정화기가 망가져 가고 있다는 생각이 들더라고.

'난민이 뭐야?'

당신 말이 머릿속에서 맴돌았어.

갑자기 모든 게 이상해졌어.

내가 꿈을 꾸고 있나 보다 생각했어. 당신과 결혼해서 시골에 마당 있는 작은 집을 구해서 살다가 이상한 꿈을 꾸었나 보다고. 당신은 옆에 없고 고약하고 사납고, 마음이 다 뒤틀린 사람들 속에서 닥다글닥다글 엉겨 붙어 사는 꿈이었어.

나는 다시 잠이 들었어. 당신은 다시 코딱지만 한 방에서 뭔가 뚝딱거리며 고치고 있었어.

"천장에 구멍이 났거든. 비가 샐까 봐서."

당신이 땀을 닦으며 말했어. 우주선에 구멍이 나면 비가 새는 게 문제가 아니지 않나 했지만 꿈이니까 굳이 따지지는 않았어.

"난민이 뭐야?"

당신이 다시 물었어. 내가 한숨을 쉬며 말했어.

"그런 게 있어. 난 원래 이 배에 속한 사람이 아니었어. 나중에 들어왔지. 그래서……."

"거기서 뭘 하는 거야?"

당신이 내게 손을 내밀었어.

"그 바보들 틈에서 나와."

당신의 투박한 손이 어둠 속에서 빛났어.

“그 사람들은 이 과거에 못 박혀 있어. 자라지도 늙지도 않았어. 그런 사람들과 같이 있지 마.”

나는 겁에 질려 고개를 저었어.

안 돼. 당신은 몰라. 난 여길 나가서는 못 살아. 이 배가 세상에 남아 있는 마지막 문명이야. 침대에, 화장실에, 욕실에, 전자 기기며…….

당신은 계속 말했어.

“거기서 나와. 과거에 붙들려 있지 마. 당신은 나와 함께 있잖아. 나와 함께 나이를 먹어 가야지. 같이 시간을 흘러가야지.”

그제야 나는 눈을 떴어.

그리고 정신이 들었어. 내가 뭘 해야 하는지 태양처럼 선명하게 알 수 있었어.

그런 뒤에는 밤처럼 두려움이 몰아쳤지. 하지만 이내 평온해졌어. 내 평생 이처럼 명확히 내가 뭘 해야 할지 알았던 적이 없었거든.

염려 마. 나는 강해.

난 혼자가 아니니까.

내 안에 당신이 있으니까. 그러니까 나는 지금까지 한 번도 혼자였던 적이 없어. 언제나 당신과 함께 있었어. 지금도 당신과 함께 있어.

그러니까 나는 강해.

나는 난민도 이주민도 무임승차자도, 그냥 여자도 아니야.

나는 당신 여자야. 내가 선택한 남자의 여자야.

그러니까 나는 대단한 사람이야.

내가 이처럼 사랑하는 당신이, 그런 당신이 사랑해 준 사람이 바로 나니까. 내가 세상에서 가장 사랑하는 당신, 그런 사람의 사랑을 받은 사람이 바로 나니까.

나는 내가 동반자로 택한 사람의 동반자며, 내가 짝으로 택한 사람의 짝이며, 내가 일생 사랑하기로 마음먹은 사람의 연인이야.

나는 그런 사람이야. 그러니까 나는 강해.

잘 봐. 내 사랑, 내가 뭘 하는지.

내가 얼마나 대단한 사람인지 잘 봐.

열네 번째 편지

나는 꼬물꼬물 환풍구를 기어서 기관실로 숨어 들어갔어. 오직 4계급까지 떨어져 본 사람만이 알 수 있는 통로였지.

　기관실에 도착하니까 내 이북 리더기에서 지직거리며 훈의 목소리가 들렸어.

　"오랜만이네요. 무슨 일이세요?"

　훈이 잠이 덜 깬 목소리를 출력하며 물었어. 잠 같은 건 자지도 않으면서.

　나는 말했어. 지금부터 네게 명령을 내릴 거라고. 그리고 그건 이 배에 탄 모든 사람의 명령에 우선하는 명령일 거라고. 이제부터 내가 명령을 내리고 나면 누가 어떤 권한으로 다른 명령을 내린다 한들 되돌릴 수 없을 거라고.

훈이 흥미로운 말투로 답했어.

"해 보세요."

여기저기서 승객들이 하나둘 깨어나는 소리가 들렸어. 내가 선내 방송용 스피커로 말하고 있었으니까. 일부러 그랬어. 이게 내 최초이자 최후의 시위였으니까.

밖에서 쿵쾅거리는 군홧발 소리와 문을 부서져라 치는 소리가 이어졌어. 문이 오래 버틸 줄은 알고 있었어. 강박증이 생긴 선장이 몇 겹으로 보강해 두었거든.

나는 이 여객선이 지구의 자연스러운 회복을 방해하고 있다고 했어. 이들은 미친 신이 될 준비를 하고 있고, 이 여객선이 항해를 계속하는 한 인류의 역사에 해를 끼칠 거라고 했어.

승객들에게도 도움이 되지 않는다고 했어. 이 사람들은 고향으로 돌아가기를 원하지만 그 고향은 사라져 버렸으니까.

"자극적인 말이군요."

훈이 말했어.

"물론 언제나 인류 전체의 이익이 우선하죠. 하지만 근거가 커질수록 증명이 어렵다는 문제는 여전해요. 당신은 지구에 살아남은 인류 모두에게 동의서를 받아올 수 없어요. 결국 다 당신 생각일 뿐이죠."

"그리고 이 승객들은 내 가해자들이야. 나를 천천히 죽여 왔어. 이제 정말로 죽게 될 거고."

나는 문을 쿵, 쿵, 치는 소리를 들으며 말했어.

"동의해요. 거의 확실하지요. 안됐어요. 하지만 그 문제와 항해와의 관계는 애매해요. 뭐, 이걸 다 합치면 봐줄 만은 하군요. 하지만 그뿐이죠."

훈은 계속 말했어.

"오랫동안 생각해 봤지만 이 놀이에는 근원적인 문제가 있어요. 당신이 어떤 대단한 말을 생각한들, 누군가는 그보다 대단한 말을 생각해 낼 거예요. 그리고 당신의 명령을 되돌리겠지요."

"아니, 지금 내 명령보다 더 대단한 명령은 없어."

내 말에 훈은 가벼운 웃음소리를 출력했어.

"억지를 쓰는 분인 줄은 몰랐군요."

"나는 곧 죽어. 그리고 내가 죽은 뒤 네게 명령을 내릴 사람은 이 배의 승객이라는 가해자들뿐이야. 가해자의 요구는 절대로 피해자의 요구보다 우선하지 않아. 그러니 지금 내 명령보다 더 대단한 명령은 다시는 없어."

　훈이 잠시 조용해지더라고. 그리고 한참 있다가 말을 하는 거야.

　"의미 있는 지적이군요."

　훈이 말을 이었어.

　"하지만 내겐 살아 있는 사람의 명령만이 유효해요. 죽은 당신이 내가 다른 명령을 수행하는 걸 막을 수는 없어요."

　"막을 수 있어. 나는 지금부터 네게 누구도 되돌릴 수 없는 명령을 할 테니까."

　"그건 불가능……."

　훈은 다시 정지했어. 그리고 한동안 부하가 걸리는지 딸깍거렸어.

　"이해했어요. 멈추려는 게 항해가 아니군요."

　"그래. 네가 동의만 한다면."

　훈은 잠시 연산을 돌리는 듯했어.

"납득했어요." 훈이 말하더라고.

"명령을 내려 주세요."

그래서 나는 말했어.

"작동을 중지해, 훈. 인류와 이 배의 승객들과 나 한 사람을 위해. 네 기능을 정지하도록 해."

훈이 연산을 끝낸 것과 문이 열린 건 거의 동시였어. 훈이 대답하는 것과 동시에 사람들이 쏟아져 들어왔지.

"받아들이지요."

문이 부서졌고 나는 돌아섰어.

동시에 기관실 불이 하나하나 *꺼졌어*. 총을 들고 들어온 사람들의 얼굴에도 천천히 어둠이 내려앉았어. 항해사를 잃은 배는 이내 통제를 잃었어. 껍데기만 남은 거지. 이 배는 이제 영영 우주를 떠돌게 될 거야. 다시는 지구에 돌아가 오만하게 하늘에서 내려다보며 땅에 발붙이고 사는 사람들을 농락하지 못하겠지. ……아마도.

물론 곧 나는 벌집이 되겠지만.

두렵지는 않았어. 단지 슬펐어.

내가 죽는 것이 아니라 당신이 사라지는 것이 슬펐어. 나는 계속 살아서 당신을 살게 해야 하는데.

군인들을 제치고 선장이 들어오더라. 선장은 얼굴이 너무 딱딱해서 사람 같지가 않았어. 소원대로 사람을 벗어난 뭔가가 된 듯했어. 그리고 사람을 벗어나는 건 결코 좋은 일이 아니라는 생각이 들더라.

그리고 그때 확연한 예감이 들었어. 내가 당신에게 보낸 편지가 이 배에서 하나도 나가지 않았으리라는 것을. 마찬가지로 이 배에 온 당신 편지도 이 사람이 다 가로챘으리라는 것을.

나와 당신을 미워했기 때문이 아니라, 그저 그럴 수 있었기 때문에 그러했으리라는 것을.

선장이 내게 총을 겨누었어.

기다리는데 그 사람 이마에서 시뻘건 것이 팍 하고 터지는 거야. 선장은 마른 고목처럼 쓰러졌어.

군인들이 주춤주춤 물러나서 보니 저 뒤에 우리 방 주인 여자가 연기가 피어오르는 총구를 들고 서 있는 거야.

그 사람은 뚜벅뚜벅 군인들을 헤치고 안으로

들어왔어. 뒤에서 아이들이 종이 뭉치며 주판을 하나씩 안고 옹기종기 따라 들어왔어. 다람쥐처럼 기관실 여기저기로 흩어지며 자리를 잡았지. 나는 그 애들 하나하나가 항해 AI의 부속품이라는 것을 깨달았어.

아까 '아마도'라고 한 건, 에, 얘네들을 생각하지 않을 수가 없었거든.

우리 방 주인은 스피커에 대고 우아하게 말했어.

"이제 이 배를 움직일 수 있는 사람은 나와 내 아이들뿐이다. 지금 우리 중 한 명이라도 다치거나 죽거나, 일을 못 하게 된다면 항해는 불가능하다. 이해했다면 지금부터 모두 우리 지시에 따르도록 하라."

사람들은 바로 이해했어. 이해할 수밖에 없었지.

새 선장은 지금으로부터 10만 년 뒤의 미래로 가겠다고 했어. 복원주의자들의 욕망을 꺼트리기 위해서라고. 원하지 않는 사람들은 모두 배에서 내리라고 했어.

하지만 지구에 도착한 뒤에도 아무도 내리지 않

앉어. 나는 알 수 있었어. 이제 이 여객선이 그들의 고향이 되었다는 것을. 그들이 이 방랑의 길에 영원히 남으리라는 걸.

나는 내리겠다고 했어. 10만 년 후로 가면 내 남자를 못 만날 것 같다고 했지. 새 선장은 나를 물끄러미 보더니 알았다고 했어. 내가 좀 더 설명하려는데 그냥 알았다고만 하더라고.

나는 내 유일한 소유물인 이북 리더기를 손에 꼭 쥐고 배에서 내렸어. 사람들이 양옆에 줄지어 서서 밖으로 나가는 나를 지켜보았어.

그 많은 사람 앞을 지나가는데 조롱도 비난도 없었어. 오랜만이었지.

맑은 날이었어.

나는 바닷가에 내려섰어. 맨발로 따뜻한 모래를 밟았어. 바닷물로 얼굴을 씻고 해초와 함께 물을 마셨어. 하늘에서는 햇빛이 금가루처럼 내 몸 위로 쏟아져 내렸지.

이제야 혼자가 되었어.

나는 가슴을 끌어안고 울었어.

이제야 혼자야. 나는 혼자고 이제 세상이 다 내 집이야.

항구에는 온갖 지저분하고 잡다한 설치물들이 있었어.

이전 선장이 세계를 되돌리기 위해 만들어 놓은 것이었지. 몇 월 며칠 심판의 날에 신이 내려온다는 예언의 돌도 있었고, 지구인들이 도시를 세울 때에 참조하라고 놔둔 도시 조감도도 있었어. 언젠가 인류가 다시 번창하고 나면, 그런 것들을 신의 계시로 여기고 도시를 새로 건설하기를 기대하면서.

배에서 내리고 나니 그 모든 대단한 계획들이 우스워 견딜 수가 없는 거야.

나는 나뭇가지를 주워 옷으로 둘둘 말고, 버려진 차에 남은 휘발유를 그 위에 부어 횃불을 만들었어.

그리고 항구에 불을 질렀어.

불꽃이 바람을 타고 사방팔방으로 튀었어. 내가 불타는 항구를 떠나며 돌아보니 하늘이 핏물이 든 것처럼 새빨갛게 물들어 있더라.

오래 걸리지 않을 거야.

10년, 아니, 1년만 지나도, 이 화재의 흔적도 우리의 흔적도 다 사라질 거야. 모든 것은 비바람에 바스러지겠지. 거침없이 자라난 풀과 나무가 모든 것을 뒤덮고, 수풀에서 피어나는 물안개 사이로 동물들이 뛰어놀겠지.

열다섯 번째 편지

항해 6년 11개월에 더해서,

지구에 내린 지 3년 3개월 후

오랜만에 당신 꿈을 꾸었어.

워낙 생생해서 진짜 같았어.

당신은 좁고 어두운 방에 갇혀 있었어. 나가는 문이 망가진 모양이더라고. 당신은 열심히 고치고 있었어. 나는 반가운 마음에 가까이 가서 당신 손을 붙잡았지.

당신이 나를 돌아보았어.

그리고 한참을 멍하니 보는 거야. 그러고는 슬픈 얼굴을 했어. 왜 지금까지 자기를 혼자 놔두었냐면서.

"그렇지 않아."

내가 안타깝게 말했어.

"나는 당신과 함께 있었어. 지금까지 줄곧 같이 있었어."

"그러면 어디에 있는 건데."

당신이 고개를 저으며 말했어.

"당신은 여기에 없어. 있었다면 날 만나러 왔겠지."

그리고 나는 눈을 떴어.

눈을 떴을 때 나는 교회 예식장 한가운데에 누워 있었어. 나는 생각했지. '이를 어쩌면 좋아. 신랑이 화가 났나 봐. 그럴 만도 해. 오늘이 결혼식인데 늦어 버렸잖아.'

고개를 드니 벽이 눈에 들어왔어. 내가 그간 붙인 메모들이 거기 있었어.

가장 오래된 건 여기 처음 왔을 때 것이었어. 수백 년 전이었지. 어제 붙인 것도 있었어. 그리고 한쪽에 내가 스프레이로 휘갈긴 글씨가 있었어.

이건 말도 안 되는 짓이야. 그이는 없어. 백만 년쯤 전에 죽었을 거야.

그걸 내가 언제 썼는지 생각이 나지 않았어. 어쩌다 그 사실에 굳이 새로 절망했을까? 나는 주섬주섬 일어나 커튼을 쳐서 글씨를 가렸어. 그러다가 내가 누가 본다고 이걸 가리는 거야 생각하며 혼자 쿡쿡 웃었어.

당신에게 새 메모를 남기려다가 문득 무엇인가가 내 몸속을 흘러 내려가 빠져나가는 것을 느꼈어. 나는 신기한 기분으로 그걸 바라보았어.

몸 어딘가에 작은 구멍이 난 것 같았어. 모래처럼 산산이 부서진 당신이 '당신은 여기 없어.' 하며 내 몸에서 흘러 나가는데 걷잡을 수 없더라고.

나는 땅에 스며들어 사라지는 당신을 내려다보며 깨달았지.

아아, 여기까지구나.

나는 강했고 대단한 사람이었지만 그래도 여기까지였구나.

후회는 없었어. 나는 열심히 살았고 그것으로 충분했으니까.

나는 종이를 떨어트리고 걸어 나갔어.

내가 바느질해 만든 담요를 밟고, 도시 여기저

기에서 찾아내 마련한 밥그릇이며 냄비를 발로 차 내면서, 문설주에 걸어 둔 당신 친구들의 사진을 손으로 걷어 내면서. 내가 새로 수선한 문고리를 돌리고, 언젠가 태풍에 내려앉았을 때 새로 올린 지붕을 뒤로하고.

하루하루 최선을 다해 살았던 나를 뒤로하고. 내 안에 있던 당신을 지켰던 소중한 시간들을 뒤로하고.

나는 까맣게 허물어진 도시를 혼자 걸었어.

도로는 산길이나 다름없었어. 반쯤은 내려앉았고 반쯤은 솟아 있었지. 시든 나뭇잎이 도로를 덮고 있었고 물웅덩이에서는 붉은 개구리 떼가 꽃잎처럼 튀어나왔어. 넘어진 전신주에서 늘어진 전선에 까만 새들이 줄지어 앉아 있다가 후드득 날아갔어. 갈라진 아스팔트 틈새에서는 키 높은 풀이 무성하게 자라고 있었어. 차와 사람이 가득했을 때에 숨죽이고 숨어 있던 씨앗들이 오케스트라처럼 웅장하게 번창하고 있었어.

한쪽 신발 밑창이 나가서 발을 절게 되더라

고. 나는 신발을 벗고 젖은 아스팔트를 맨발로 걸었어.

　내게 생각은 남아 있지 않았어. 하지만 가야 할 곳은 분명했어. 가려면 거기밖에 없었지.

　나는 항구에 도착했어.

　항구는 우거진 수풀에 뒤덮여 있었어. 바다는 하늘빛이었고 하늘은 바다 빛이었지. 지평선이 물에 번진 듯 흐릿해서 새파란 우주 속에 서 있는 듯했어. 저 멀리 해안가에는 부서진 건물들이 줄지어 누운 큰 공룡의 사체처럼 쓰러져 있었어.

　나는 물에 발을 담갔어. 어쩌면 당신이 이 바다 어딘가에 떠다니고 있을지도 모른다고 생각했어. 먼지가 되었든, 재가 되었든, 바람이 되었든.

　나는 차가운 바닷물 속으로 조금씩 걸어 들어갔어.

　얼마나 들어갔을까. 파도가 점점 무거워져서 숨을 쉬기도 서 있기도 힘겨워질 즈음이었어. 높은 파도가 몸을 내리치고 올려쳤지.

　그때 어디선가 노랫소리가 들려왔어.

사랑 노래였어.

오래된 대중가요 같았어. 수백 년 전, 이 지구에 사람들이 가득했던 시절에나 유행했던.

나는 내가 환청을 듣는 모양이라고 생각했어. 더구나 그 노래는 내 눈앞에 떠내려오는 반지에서 흘러나오고 있었거든.

반지가 노래를 다 하네.

신기한 일도 다 있네, 하고 생각했어.

내가 반지를 주워 들고 내려다보는데, 바다 위를 둥둥 떠오는 것들이 눈에 들어왔어.

처음에는 쓰레기인가 싶었지. 죽은 시대에 버려진 플라스틱들이 아직도 해안가로 밀려오곤 했거든.

뭔가의 부서진 파편 같았어.

배 조각 같았어.

사라진 시대에 날아다녔던 낡고 작은 우주선 조각. 마치 조금 전에 추락해 해수면과 부딪쳐 산산조각이 난 듯한.

파편을 머릿속에서 모아 재구성해 보니 사람 하나 겨우 탈 만한 작은 돛단배였어. 태양풍으로 우주를 나는.

그때 문득 언젠가 여객선 창문으로 보았던 그 무인 우주선이 떠올랐어. 눈밭에 고독하게 놓여 있던. 사람 없이 혼자 날고 있었다는.

……사람이 없다고

……들었던.

벼락을 맞은 기분이 되었어.

나는 정신없이 헤엄치기 시작했어. 파편이 어디서 흘러나오는지 보려 했는데 너무 넓게 퍼져서 도저히 알 수가 없는 거야.

한참 만에야 아직 형체가 남은 조종석을 발견해서 안간힘을 쓰고 기어 올라갔어. 조종석은 손때가 새까맸고 얼기설기 고친 흔적으로 가득했어. 누군가가 긴 세월 그 안에서 살았던 것처럼.

손에 잡히는 대로 눌러 대며 뭐든 돌아가는 것이 있나 찾았어. 우주선이라면 블랙박스가 있을 거고, 뱃사람들은 반드시 영상이나 음성 기록을 남기니까. 뭐라도, 뭐라도 남은 것이 있다면.

블랙박스를 발견했고 허겁지겁 작동시켰어.

영상은 없었지만 사람 목소리가 나왔어.

　　나는 바로 알 수 있었어. 그건 당신의 목소리였어.

　　당신 목소리였어.

　　　　　　　　　　기다리고 있어…

당신을 기다리고 있어...

... 항구로 와줘...
기다리고 있을테니까 ...

..당신을 기다리고 있어...

... 당신을 기다리고 있어...

... 당신이 이 세상에
없다해도...

··· 내가 여기에 있어···

당신을 기다리고 있어··

사랑해···

기다리고····

당신을,····

,··· 지금도 기다리고···

크고 느린 파도가 눈처럼 새하얀 거품을 일으키며 나를 덮쳤어.

햇빛에 일렁이는 파도가 모래 바닥에 비쳐 수만 조각의 푸른 보석 속으로 빠져 들어가는 듯했어. 새하얀 물고기들이 무리 지어 지나갔어.

나는 수면 위로 고개를 내밀었어. 한 번도 가져 본 적 없는 것을 다 잃은 기분으로 하염없이 온 사방을 돌아보았어.

나는 어딘가에서 차갑게 식어 둥둥 떠내려오는 당신의 몸뚱이를 보게 되리라 생각했어. 하다못해 그것이라도 찾기를 바라고 또 바랐어. 빌고 또 빌었어. 애원하고 또 애원했어.

당신은 없었어.

당신은 어디에도 없었어.

정신이 들었을 때엔 해안가에 누워 있었어.

바다는 황금빛으로 물들어 있었어. 짙푸른 서녘 하늘이 붉게 물들어 보랏빛으로 보였지. 멀리 금빛으로 빛나는 새들이 떼 지어 날아갔어. 난 도무지 일어날 기운이 없어서 그대로 누워 있었지.

그때였어.

고개를 돌리는데 저 멀리 이상한 것이 눈에 들어왔어.

모래를 꾹, 꾹 찍어 누른 자국이 점점이 숲까지 이어졌어. 툭, 툭 떨어진 물방울에 모래가 뭉쳐 있었지.

사람 발자국 같았어.

젖어 있었어.

젖어 있었어.

마치 금방 생겨난 것처럼.

조금 전 누군가 부서진 우주선에서 빠져나와 이 해안가로 힘겹게 헤엄쳐 나온 것처럼. 젖은 몸을 간신히 일으켜 느릿느릿 이 모래사장을 걸어 나간 것처럼.

축축한 흙 발자국이 도시를 향해 가고 있었어.

삶에 온통 두들겨 맞은 양 노곤해 보였지만 아직 생기를 잃지 않은 걸음걸이였어. 파도가 하얀 거품을 일으키며 밀려와 흙 발자국을 지워 내었어.

나는 일어났어.

젖어 달라붙는 옷을 추스르며 발자국을 따라

걷기 시작했어.

    그러다 달리기 시작했어.

    모래를 박차고 뛰기 시작했어.

    기다리고 있어.

    내가 여기 있어.

                    내가 지금 가고 있어.

이야기 밖의 이야기

　《당신을 기다리고 있어》를 쓰던 당시, 이야기가 좀 더 펼쳐지려다가 '낭독용 소설'이라는 생각에 더 길어지지 못하고 잘라 낸 이야기가 있었습니다. 그리고 그 내용은 여자 편에서 써야겠다고 생각했어요. 그리고 아내분께 선물할 생각이었지요.

　약속은 계속 미뤄졌습니다. 처음에는 다음 결혼기념일 즈음에 주겠노라, 그 후에는 아기가 태어날 때에 맞추어 주겠노라, 하지만 결국 아기가 태어나고도 2년이 지난 지금에야 쓰게 되었습니다.

　짧은 속편이지만 고심이 많았습니다. 여자의 상황을 전혀 알 수 없었기에 가능했던 서사가 여자의 이야기를 공개하면서 어떻게 변할지 알 수 없었고, 동시간대에 교차하는 이야기이면서도 서로 다른 이야기가 되려면 어떻게 해야 할까.

　단지 한 가지는 처음부터 정해 두었습니다. 남자의 고난이 사람이 없기 때문에 온다면, 여자의 고난은 사람이 있기 때문에 올 것이라고.

출간에 대한 기약도 없이 두 사람에게만 보여 주리라 생각하며 썼던 전편과 속편의 상황은 많이 변했습니다. 그래도 여전히 두 사람을 위한 소설이란 마음가짐으로 씁니다.

똑같이 아내분께 배경이 될 노래를 하나 부탁했고, 이 노래의 배경음악은 김윤아(자우림)의 〈going home〉입니다. 전편을 쓸 때 유영석(화이트 W.H.I.T.E)의 〈사랑 그대로의 사랑〉을 내내 들었듯이 이 노래를 글을 쓰는 내내 들었습니다. 여러분도 소설을 읽으며 같이 들어 주시면 좋겠습니다.

《당신에게 가고 있어》와 《당신을 기다리고 있어》는 《미래로 가는 사람들》의 주인공의 부모님 이야기이기도 합니다. 물론 작품의 연결성은 느슨한 편이니, 독립적인 작품으로 감상해 주시면 좋겠습니다. 한편으로, 감사하게도 부부가 아이의 이름을 《미래로 가는 사람들》의 주인공 '성하'로 지은 점도 같이 알립니다.

《당신을 기다리고 있어》는 제게 많은 것을 주었습니다. 소피 보우만 씨는 도서관에서 이 책을 발견하고 그날 번역을 해서 런던 도서전 아시아 번역 공모전에 내어 당선이 되셨지요. 그 번역을 통해 이 책은 해외에 소개될 수 있었습니다. 또한 제 책 중 처음으로 낭독극과 오디오북으로 만들어진 소설이기도 합니다.

따지고 보면 두 사람이 사랑하고 결혼을 한 덕에 제게도 좋은 일이 계속 생겨난 셈입니다. 사람이 그저 자신의 인생을 사는 것만으로도 우주는 변화합니다. 오늘도 이를 믿으며 펜을 내려놓습니다.

좋은 기회를 마련해 주신 그린북 저작권 에이전시와 출판을 결정해 준 새파란상상, 그리고 집필과 번역이 동시에 진행되는 어려운 일정 속에서 다시 번역을 해 주신 소피 보우만 씨께 감사드립니다.

더해서, 속편을 쓰면서 전편의 여러 시간 계산 오류를 수정했습니다. 하나하나 검토해주신 류승경 번역가님, 머리를 맞대고 계산해주신 정직한 님, 미카님, 그외의 여러분께 감사드립니다.

독자의 말 (여자 편)

　《당신을 기다리고 있어》가 나오고 나서 감사의 인사를 드리러 작가님께 갔던 날이 떠오릅니다. 남자 편이 잘되면 여자 편도 나올 수 있다고 하셨고, 그때까지만 하더라도 그렇게 되면 참 좋겠다는 막연한 생각만 했는데, 이렇게 현실이 되어 감격스럽습니다.

　남자 편과 여자 편 그 사이에는 많은 일이 있었지만 가장 큰 변화는 새로운 가족의 탄생이었습니다. 임신 중 태명을 짓다 보니 이 책이 생각났고, 작가님께서《미래로 가는 사람들》주인공의 부모님 세대로 글을 써 주신 것이 연결되면서 성하로 지었는데, 그 이름이 맘에 꼭 들어 그대로 출생 신고까지 했네요.

　원고를 쓰느라 바쁘신 와중에 작가님께서 초고를 저에게만 보내 주셨어요. 남자 편은 그 당시 남자 친구가 처음 읽었던 것처럼, 저는 여자 편의 첫 독자가 되어 읽었습니다. 그때의 설렘과 감동은 잊지 못할 거예요. 첫 독자가 되는 기회를 챙겨 주셔서 감사드립니다.

남자 편이 기다림의 외로움이라면 여자 편은 외로울 틈 없는 난민 신세로 매우 고생하네요. 고통이 힘들게 느껴져 쉽게 책장을 넘기지 못했는데, 신랑은 오히려 남자 편이 더 읽기 힘들었다고 해서 놀랐습니다. 저에게 남자 편은 부드럽고 수줍은 사랑 고백처럼 느껴졌는데, 신랑이 남자 편을 읽기 힘들었다고 한 것도 여자 편 감상을 나누던 중에 알았어요.

누군가를 기억하는 한 그 사람은 죽지 않는다는 말처럼, 내 기억 속 당신은 지금 나와 함께 살고 있으니 죽지 않았다고 말하는 흔들림 없는 사랑이 좋았습니다. 사람들 머릿속의 불완전한 기억도 정보 데이터니만큼 그 정보가 그 사람의 인격이 될 수 있다는 말도 인상 깊고요. 앞선 미래에서는 정말 그렇게 될 것 같다는 느낌이 듭니다.

남자 편과 《미래로 가는 사람들》이 연결이 되어 큰 이야기가 되긴 했지만 각각의 두 소설도 더욱 깊은 애정이 생겼습니다. 수많은 갈등과 대립으로 얼룩진 세상을 바꾸는 것은 결국 사랑이라는 것도 다시 한번 깨닫습니다.

부부가 되기 전에 읽고자 했던 소설이 지금은 더 많은 사람이 읽게 되었습니다. 비단 연인이 아니더라도 내가 사랑하는 사람이 곁에 있는 것만으로도 얼마나 행복한 일인지, 혹시라도 멀리 떨어져서 만날 수 없어도 그 사랑은 변치 않는다며 애틋하게 위로해 주는 책이 되길 바랍니다. 이 책에 연결된 인연에 멈출 수 없는 행복을 느끼며 번역해 주신 소피님께도 감사를 드립니다. 그리고 무엇보다 소설을 쓰느라 수없이 고민하고 노력하신 작가님께도 무한한 감사와 존경을 담습니다.

이 커플을 또다시 만나게 될 거라고는, 정말이지 처음에는 전혀 상상하지 못했습니다.

이 책과 한 쌍이라 할 수 있는 '남자 편'《당신을 기다리고 있어》를 보지 않은 분들을 위해 간단하게 설명드리자면……. 몇 년 전 결혼을 앞두고 있던 저는 누구와도 비교할 수 없는 신선하고 기발한 프러포즈를 하고야 말겠다는 기이한 욕심을 부리고 있었습니다. 그러다 아내와 제가 가장 사랑하는 작가님이 동일한 분이라는 걸 떠올리고 '프러포즈용 낭독을 위한 소설'을 써 달라는 말도 안 되는 청탁을 했는데, 놀랍고 감사하게도 작가님께서는 이를 흔쾌히 받아 주셨죠.

그렇게 나온 이야기 덕분에 저는 사랑하는 사람과 더욱 행복한 결혼을 할 수 있었고, 좀 더 시간이 지난 뒤 이 이야기는 한 권짜리 책으로 출간되어 우리 둘뿐 아니라 수많은 사람이 읽을 수 있게 되었습니다.

네, 저는 그렇게 마무리되었다고 생각했어요. 처음에는 단지 둘만의 이야기가 생겼다는 것만으로도, 나중에는 우리를 위해 탄생한 이야기가 더 많은 사람에게 읽힌다는 것에 너무나 행복했죠.

작가님께서 후속 편에 대한 이야기를 하셨지만, 언감생심이랄까요, 이미 너무나 많은 것을 받았기에 지금보다 뭔가를 더 받는 것은 기대도 하기 어려웠어요.

그런데 이렇게 《당신에게 가고 있어》를 통해 이 커플을 다시 만나게 되었네요. 그 남자가 긴 시간을 홀로 보내는 동안, 여자는 얼마나 긴 시간을 어떻게 보냈을지 항상 궁금했는데, 그 답을 드디어 알 수 있게 되었어요.

찌질한 그 남자가 혼자서 세상 고통 다 받는 것처럼 찔찔 짜는 《당신을 기다리고 있어》는, 물론 로맨틱한 이야기였지만 한편으로는 저에게 매우 힘든 이야기였습니다. 이야기가 탄생한 과정을 감안하면 주인공을 저와 동일시하지 않을 수가 없었는데, 그러다 보니 제가 갖고 있는 찌질함을 그 인물에게 뒤집어씌운 채로 읽었던 거죠.(네, 이 문단 맨 앞의 '찌질한 그 남자'는 사실 저예요.)

반면에 이번 이야기《당신에게 가고 있어》는 너무나 로맨틱했어요. 이야기 속의 여자는 그 많은 고생과 좌절, 고뇌 속에서도 남자를 잊거나 지우려 하지 않고 흔들림 없이 바라보며 한 발 한 발 걸어가더군요. 그 대상이 되는 남자, (여전히 그 남자와 동일시하고 있는) 저로서는 사랑하지 않을 수 없는 여자의 로맨틱한 여정이었습니다.

그랬기에 나중에 '로맨틱하기만 했던 지난번과 달리 이번 이야기는 많이 고통스러웠다.'는 아내의 말을 듣고서는 놀랄 수밖에 없었어요. 동일한 이야기에서 서로가 느끼는 바가 이렇게 대칭적으로 나타난다는 것에 놀랐고, 그것 또한 한 쌍으로 이루어진 두 이야기의 매력이라는 것을 알게 되었습니다.

어쩌면 이런 생각 차이가 수많은 연인, 혹은 수많은 관계 사이에서 갈등이 생기는 원인일지도 모르겠어요. 그런 생각까지 들고 나니, 결혼 생활 동안 내가 어떻게 생각하고 어떻게 살아왔는지를 조심스럽게 되짚어 보게 되더군요.

《당신을 기다리고 있어》는 최초의 목적대로 낭독이 되었고, 당시 저는 어설픈 솜씨로나마 작은 손제본 책을 만들어 선물했습니다. 그런 뒤에는 위에서 얘기했듯, 서점용 도서로 출간이 되어 많은 독자에게 알려졌죠.

처음에는 우리 둘을 위한 이야기일 뿐이었지만, 이제는 많은 사람을 위한 이야기가 되었습니다. 낭독극 무대에서 배우가 이 이야기를 풀어내는 모습을 아내와 아이와 함께 마주했던 그날의 감동은 정말 잊을 수 없을 거예요. 잘 만들어진 오디오북을 듣고 있노라면, 이걸 낭독해서 프러포즈를 하려 했던 제 시도가 얼마나 무모했는지 다시 한번 깨닫게 됩니다.

항상 생각합니다. 이렇게나 좋은 작품이 우리 가족과 영원히 함께할 수 있다니, 인생 전체에 걸쳐 이보다 더 영광스럽고 행복한 일은 없을 거라고요.

이 글을 읽으신 분들께도 이 이야기가 더없는 행복이 되기를 바라고, 또한 인생에 남을 사랑스러운 이야기가 되기를 바랍니다. 모두들, 사랑하시길.

해설 빛의 속도보다 간절한 여자의 그리움

서희원(문학평론가)

> 사랑하는 사람이여, 당신이 맞은편 골목에서
>
> 문득 나를 알아볼 때까지
>
> 나는 정처 없습니다
>
>
> ─이성복, 「서시」 중에서

　『당신에게 가고 있어』는 『당신을 기다리고 있
어』와 결합되어 하나의 완전한 형태를 이루는 소
설이다. 하지만 이 말은 두 편의 소설이 서로 닮
았다는 이유 때문이 아니라 그것이 서로 다르기
때문에 만들어지는 조화에 의미의 방점이 찍혀
있다. 『당신을 기다리고 있어』가 온 우주를 날아
지구로 돌아오고 있는 여자를 기다리는 남자의
이야기, 기다림을 위해 기꺼이 고립을 선택한 인
간의 이야기를 담고 있다면, 『당신에게 가고 있
어』는 지구로 돌아가기 위해 어쩔 수 없이 사람들

사이로 들어갈 수밖에 없었던, 하지만 그들과는 다른 삶의 이유를 가지고 있기 때문에 소외될 수밖에 없는 여자의 이야기를 담고 있다.『당신을 기다리고 있어』가 혼자일 수밖에 없는 인간의 절대적 고립감을 말하고 있다면,『당신에게 가고 있어』는 인간은 혼자일 수 없다는, 절대적인 그리움을 타인에게 이해시킬 수도 없고, 자신의 삶에 구체적인 고독의 형상으로 표출할 수 없다는, 사회적 관계에서 발생하는 문제를 담고 있다. 그렇기 때문에 열다섯 통의 편지로 이루어진『당신에게 가고 있어』의 대부분의 장은 제대로 그리워할 수조차 없는 분주함에 대한 토로로 시작한다.

「첫 번째 편지」에서 여자는 "잘 지냈어? 나 지금 가고 있어."(8)란 두 문장을 적고는 더 이상 사랑의 은밀한 감정을 이어 갈 수 없는 사정을 말한다. "밖에는 짐을 이고 진 사람들이 빽빽이 줄서 있어. 까불며 뛰노는 애들하고 지쳐 엄마 손에 매달려 잠투정을 하는 애들도 보여. 손을 맞잡고 사이 좋게 계단을 오르는 노부부며, 호들갑을 떨며 쉼 없이 먹고 떠드는 내 또래 사람들도 있어. 저기 한구석에는 서로 부둥켜안고 기나긴 작별 인사를 하는 사람들로 붐비고."(8)「네 번째 편지」에서도 여자는 "어쩌지? 자기야, 나 어쩌면 좋아?"라고 쓰고는 "주위에 사람이 너무 많고 승무원들이 계속 왔다 갔다 해서 맘껏 울기도 힘들어."(30)라며 한 개인이 지닌 감정의 상태와는 상관없이, 아니, 이를 전혀 고려하지 않고 분주하게 움직이는 타인과 사회적 시스템 때문에 어쩔 수 없이 경험하게 되는 곤란함을 호소하고 있다. 지구의 상황이 더욱 악화되어 감에 따라 여자가 타고 있는 비행선이 여객선에서 화물선으로, 그리고 대피선으로 변하게 되자 이러한 사회적 분위기는 더욱 억압적으로 급변해 간다. 여자의 문제는 이제 개인의 감정과 의지를 피력할 수 없는 사회에서 느끼는 절망과 소외, 그리고 개인이 최소한으로 요구할 수 있는 자유를 온전한 자기 것으로 가져오기 위한 쟁취의 과정으로 전개된다.「다섯 번째 편지」는 이러한 사회의 예외 상태에서 맞이하는 개인의 당혹스러운 감정을 토로하는 장면으로 시작된다.

이제야 편지 써서 미안해.

거기선 도저히 편지를 쓸 수가 없었거든. 아무것도 아닌 일이긴 한데 거기선 아무것도 아닌 일을 할 수가 없었어. 종일 사람과 살을 부대끼고 있으면 상상할 수 있는 일이 다 일어나더라. 누가 조금이라도 눈에 띄는 기색이 있으면 이성을 잃었어.

이제야 혼자야.

간신히. (36)

『당신에게 가고 있어』의 대부분의 서사는 남자가 기다리고 있는 지구의 특정한 장소로 돌아가고자 고투하는 여자의 여정을 담고 있지만, 그것은 결국 억압적인 사회에서 개인이 자유를 찾아가는 문제로 제시되고 있다고 간단하게 말할 수 있다. 「열네 번째 편지」에서야 여자는 사람들의 "조롱도 비난도 없"(105)이 배에서 내리는 것을 허락받는다. 그리고 여자는 지구의 대지에 발을 디디고는, "이제야 혼자가 되었어. 나는 가슴을 끌어안고 울었어."(105)라며 누구와도 나눌 수 없었던 자신의 진실한 감정과 슬픔을 하나의 인간이 되어 마음껏 쏟아 낸다. 여자는 이제 고독이라는 소중한 권리를 되찾은 것이다. 하지만 자유와 자유로운 인간만이 느낄 수 있는 고독이 여자를 내적으로 충만하게 만들고 그것이 행복이라는 결말을 이끄는 근본적인 이유라고 믿는 것은 어리석다. 책을 읽는 독자들은 이제 소설의 끝이 얼마 남지 않았다는 물질적인 감각을 통해 섣불리 판단할지 모르지만, 자유와 고독은 정서적 안정과 물질적 충만함으로 자연스럽게 연결되는 사회적·개인적 상태가 아니다. 게오르그 짐멜이 오래전에 말했던 것처럼, "한 사람이 누리는 자유가 반드시 그의 정서적 안정으로 나타"*나는 것은 아니다. 오히려 대부분의 경우 이 둘은 서로 길항하며, 때에 따라서는 반비례한다.

　"항해 6년 11개월에 더해서, 지구에 내린 지 3년 3개월 후"란 부제가 붙은 「열다섯 번째 편지」는 여자가 선택한 자유와 고독이 어떠한 정신적 고통을 부수적으로 던져 주었는지 분명하게 알려

---

* 　게오르그 짐멜, 「대도시와 정신적 삶」, 『짐멜의 모더니티 읽기』, 김덕영 윤미애 옮김, 새물결, 2005, 47쪽.

준다. 여자는 남자와 재회를 하지만 그것은 꿈일 뿐이다. 곧 꿈이 현실이 아닐까 생각하지만 이건 채 잠에서 깨지 않은 비몽사몽의 상태가 만들어 주는 몽롱한 의식이며, 이를 통해 갖게 되는 부질 없는 기대라는 것을 알게 된다. 여자의 눈에 들어 온 것은 "이건 말도 안 되는 짓이야. 그이는 없어. 백만 년쯤 전에 죽었을 거야."(111)라는 오래전 벽에 휘갈긴 문구뿐이다. 그리고 여자는 자신의 몸에서 모든 희망이 빠져나가는 경험을 한다. "몸 어딘가에 작은 구멍이 난 것 같았어. 모래처럼 산 산이 부서진 당신이 '당신은 여기 없어.' 하며 내 몸에서 흘러 나가는데 걷잡을 수 없더라고."(112) 여자는 이내 자신의 사랑이, 믿음이, 육체를 지 탱하고 있던 의지가 모두 끝났다는 것을 알게 된 다. 여자에게 자유와 고독으로 충만한 5년 2개월 은 내면에 지니고 있던 단단한 믿음을 허물고, 삶 에 대한 모든 의욕을 소멸시키고, 정신까지 피폐 하게 만들기 충분한 시간이었다. 여자는 죽음으 로 연결된 길을 따라 "까맣게 허물어진 도시를 혼 자 걸"(113)어 간다. 그리고 약속의 항구로 가 "차가운 바닷물 속으로 조금씩 걸어 들어"(114)가며 모든 기다림에 마침표를 찍으려 한다. 그 순간 남자의 "노래반지"에서 흘러나오는 사랑 노래를 듣고는 남자의 흔적을 따라 만남의 장소로 달려간다. 이 마지막 해피엔딩을 이끄는 모든 것은 우연일 뿐이다. 그 우연을 실현하기 위해 여자와 남자가 빛의 속도로 서로에게 달려왔다고 해도, 냉정하게 말하자면 이 모든 것은 우연한 마주침을 위한 확률을 아주 약간 높이는 행동이었을 뿐이다. 이 소설의 결말이 아름답고 낭만적인 것은 이 우주적 우연이 그들의 생애에 있었다는 경이로움에 대한 찬사이지, 그 이상도 그 이하도 아니다.

『당신을 기다리고 있어』와『당신에게 가고 있어』는 시공간이 뒤엉킨 세계에서 서로 애절하게 그리워하는 두 남녀의 슬픔과 고독, 그리고 찬란한 만남을 이야기하고 있는 로맨틱 SF 소설이다. 이 서사의 전경이 워낙 돌출되어 있고 강렬하기 때문에 대부분의 사람들은 어렴풋하게만 인식하고 대수롭지 않게 여기지만, 이 두 사람이 서로를 애절하게 찾는 동안 인간이 소중하게 쌓아 온 문명은 붕괴한다. 다시 말하자면 이 이야기는 끔찍한 종말론을 배경으로 진행되고 있다. 그리스 신화 속 오르페우스와 에우리디케의 이야기를 읽는 동안 오르페우스의 비가만 들었다고, 오르페우스의 여정에 효과음처럼 깔린 지옥에 떨어진 인간들의 비탄과 신음을 듣지 못했다고 자책할 필요는 없다. 이는 작가의 잘못도 아니고 독자의 미숙함은 더더욱 아니다. 하나의 이야기에서 돌출된 전경에 집중하는 것은 너무나도 일반적인 독서의 방법이고, 대부분의 작가들이 활용하고 있는 잘 알려진 기법의 일종이다.

『당신을 기다리고 있어』는 앞에서도 지적한 것처럼 "낭독용 소설"이기 때문에 이런 배경을 필요 이상으로 서술할 수도 없고, 그럴 필요도 없었다. 김보영은 이러한 사정을 『당신에게 가고 있어』의 '작가 후기'인 「이야기 밖의 이야기」에 써 놓고 있다. "『당신을 기다리고 있어』를 쓰던 당시, 이야기가 좀 더 펼쳐지려다가 '낭독용 소설'이라는 생각에 더 길어지지 못하고 잘라 낸 이야기가 있었습니다."(124) 정확하게 말하자면, 『당신에게 가고 있어』는 『당신을 기다리고 있어』에서 "더 길어지지 못하고 잘라 낸 이야기"를 담아내고 있는 소설이지, 『당신을 기다리고 있어』에서 충분히 펼쳐 놓은 사랑에 대한 낭만적 서사를 한 번 더 반복하고 있는 소설만은 아닌 것이다. 자, 그렇다면 이제 『당신에게 가고 있어』를 사랑이라는 인간적인 감정을 쏙 빼고 읽어 보는 것은 어떨까?

두 소설이 배경으로 하고 있는 21세기의 한국은 비약적으로 발전한 과학 기술의 세례를 받고 있다. 사람들은 빛의 속도로 우주를 왕복하며 시간 여행을 즐기고 있고, AI는 인간의 많은 일을 대신하고 있으며, 사람을 가사 상태로 보존할 수 있는 동면도 가능해진 시대이다. 알파 센타우리에 4년 6개월만에 도착한 여자는 과학의 발전이 만들어 놓은 인공의 유토피아에 감탄하며, 다음과 같은 내용을 편지에 적는다. "세상 예상대로 많이 변했더라. 거리에 차가 다 무인 자율 주행 차로 바뀌었더라고. 면허 안 따 두길 잘했지! 휠체어 전용 도로도 생겼고 항구에는 수화 로봇도 있어.

오늘 자 신문 보니까 내년부터 대학 무상교육도 단계적으로 실시한대. 당신 말이 맞아. 세상은 점점 좋아지고 있어. 그러니까 3년 뒤에는 더 좋아질 거야."(24) 소수자에 대한 차별도 사라지고, 국가의 복지는 증대하여 계급 간의 격차마저 사라진 세상,『당신을 기다리고 있어』에서 남자가 얻게 되는 "3D프린터"의 원리로 작동되는 "밥통"과 같은 발명품을 기억한다면 지구 어디에도 절대적인 기아는 사라진 세상이 도래한 것이다.

하지만 이 유토피아는 그것을 도래시키기 위해 했던 수천 년의 노력이 얼마나 허망한 것인지를 알려 주듯 아주 빠른 속도로 몰락해 간다. 여자는 동면 상태에서 비행을 지속해 가고 있었기 때문에 지구에서 진행되고 있는 파멸의 과정을 남자가 먼저 알게 된다. "지구 시간으로 7년 9개월 후"(1권 29) 작성된 「다섯 번째 편지」에는 이렇게 적혀 있다. 항구에 격리되어 있던 남자는 한 개의 채널에서만 나오는 뉴스와 접속되지 않는 인터넷을 보고 어떤 비상사태가 벌어졌다는 것을 직감한다. 군인은 남자에게 "테러 분자들이 서울을 점령했"다고 말하고, "적십자인지 민변인지 하는 데서" 나온 사람은 "쿠데타"가 발생하였고 "시민들이 항전하고 있다"는 사실을, "미국이 작년에 파산했고 그 여파로 전 세계가 대공황"(1권 32)이란 사실을 알려 주며, 다른 시간으로 대피할 것을 권한다. "지구 시간으로 13년 9개월 후"에 적힌 「여섯 번째 편지」에서 남자는 상황이 더욱 안 좋아졌음을 보고한다. 항구로 돌아온 사람들을 반겨 주는 것은 자기들 표현으로는 "자경단"이지만 사실은 "시간 여행자를 노리는 도적 떼"(1권 40)들이다. 그들에 의해 엄청난 학살이 자행되자, 남자는 그제야 알게 된다. 우주에서 바라본 지구의 밤에 어떠한 문명의 빛도 없었던 이유를. 계엄군에 의해 원전 기술자들은 처형되었고, 다음 날 원전이 터졌고, 한국은 "재해 지역"으로 선포되어 "다른 나라에서도 입국 금지령"(1권 41)이 내렸던 것이다. 그리고 1년 후 다시 돌아온 지구는 사람이 살지 않는 빈집이 그렇듯이 빠른 풍화작용에 의해 소멸되어 간다.

"지구 시간으로 7년 9개월 24일"(35)이 지난 후

쓰여진 「다섯 번째 편지」에서 자신의 동면 소식을 알렸던 여자는 "19년 2개월 4일 후"(41)에 도착하지만 그녀가 발견할 수 있는 유일한 문명의 흔적은 "서둘러 다른 시간대로 가십시오."(45)라고 적혀 있는 경고문뿐이다. 다행히 여자가 이북리더기에 다운로드해 놓은 AI 훈HUN이 보낸 구조 신호 때문에 여자는 "기다림의 배"에 승선하게 되지만 이 배는 더 이상 성간 여행을 떠난 사람을 기다리는 낭만적인 배가 아니라 멸망한 세계에서 살아남았다는 선민의식과 감당할 수 없는 불행을 경험한 사람들의 광기로 가득한 '노아의 방주'로 변한 뒤이다. 메시아적 열망에 사로잡힌 선장은 여자에게 "자신이 사람을 벗어난 존재고 인류의 구원자가 될 자격이 있다는 증명 같은 것"(52)이라며, "10년에 한 번씩 항구에 내려가 두 달씩 머물고, 주변 관리를 하고 우주로 떠났다가 돌아오기를 반복"(53)하겠다는 계획을 밝힌다. 문명을 리셋reset하겠다는 선장의 광기와 이에 동조하는 선원들에게 여자는 사랑하는 사람을 만나러 가는 중이고 그것만을 원한다고 말하지만, 돌아오는 것은 비웃음과 자신이 "남의 땅에 무임승차"한 "난민"(54)에 불과하다는 냉혹한 사실뿐이다. 이후 여자는 4년 가까운 시간을, 하지만 지구 시간으로 얼마나 지났는지 계산할 수 없는 시간을 배 안에서 노예와 같은 노동을 하며 난민으로 살아간다. 처음 지구 시간으로 60년 동안은 별다른 문제없이 리셋 작업이 진행된다. 사람들은 자신들이 "신화적인 일"(59)을 하고 있다는 자부심을 느끼며 쓰레기 속에서 재활용할 물품을 찾듯이 재건을 시작한다. 지구에서는 농경 사회가 다시 시작되고, "기다림의 배"에서는 문명의 진보를 가르칠 수 있는 교육 시스템도 완비가 되어 간다. 여자는 이러한 모습에 "모든 게 다 잘될 것 같아. 인간이란 위대하기도 하지."(63)라고 감탄한다. 하지만 60년 후 돌아온 지구는 "소행성과의 충돌"로 인해 "연기에 뒤덮인 시커먼 구체"(66)로 변하고, 과거의 지구가 그랬던 것처럼 어떤 생명체도 살아갈 수 없는 빙하기에 들어간다. 정성스럽게 가꿔 온 문명이, 정착하겠다고 지구로 내려간 선장의 가족들이 모두 흔적도 없이 사라지자 선장은 광기에 사로잡힌다. 그리고 "기다림의 배"를 지탱하고 있던 약간의 민주주의와 약간의 인간적 감정은 모두 사라진다. 그곳은 급속하게 절대적인 계급으로 구분되고, 지도자의 독단적인 의지로 유지되는 전체주의 사회로 변화한다.

여자의 설명에 따르자면, "기다림의 배"는 네 개의 계급으로 분할된 사회이며, 자신은 허드렛일을 하는 "3계급"(71)이다. 벌점이나 가산점을 통해 계급 간의 이동은 가능하지만 "가산점을 받아 본 적은 없"(71)다는 말처럼 그것은 상승보다는 하락의 방향으로 대부분 작동한다. 그곳은 구성원들이 서로를 의심의 눈초리로 바라보며 감시하고, 계급 간의 격차는 차별과 폭력으로 공공연하게 표출되는 공포 사회가 된 것이다. 선장은 정신 나간 사람처럼 "매일 세 시간씩 연설을 하고"(73) 이런 선장에게 모두 고분고분하게 복종하는 사회에서 여자는 견딜 수 없다고 느끼지만, 그곳은 저항하기보다는 서로를 감시하며 얻어지는 이득으로 유지되는 수용소에 불과하다. 우리는 역사에서 이러한 사회의 예시를 어렵지 않게 들

수 있다. 히틀러 치하의 독일이나 스탈린 치하의 소련이 아마도 쉽게 찾을 수 있는 예가 될 것이다. 이데올로기나 민족적·계급적 선민의식을 통해 타인의 불행을 아무렇지도 않게 느끼는 사회, 한쪽에는 거대한 수용소가 만들어져 있고, 누구든지 수용될 수 있다는 집단 감옥의 공포가 공동체를 작동시키는 원동력이 되는 사회 말이다. "사람들은 너무 불행해진 나머지 누구든 쉽게 괴롭혀도 되는 세상을 바라는 것 같아. 선장이 자기들에게 그런 기회를 만들어 주는 것만으로도 그 사람을 존경하고 숭배해."(73) 여자의 말은 미래에 대한 과장이라기보다는 역사를 통해 증명된 문명의 어두운 면에 가깝다. 고개를 돌리면 볼 수 있는 그런 어두운 야수의 얼굴을 드러낸 사회가 도래한 것이다. 그리고 선장과 추종자들은 완전히 새로운 방식의 리셋을 계획한다.

이제 선장과 선장 추종자들은 이상한 계획을 시작했어. 정상적인 방법으로는 지구를 되살릴 수 없다는 거야. 교육받지 않은 아이들을 지상에 내리고, 글자나 과학을 모른 채 번식하게(그 말을 들었을 때 믿을 수가 없었어.) 한대. 그리고 수십 년쯤 지나 원시 부족이 형성되면 신기한 기계를 들고 내려가 기적을 보여 줄 거래. 그러면 그들은 우리를 신이라고 믿을 거고, 그렇게 그들을 지배한다는 거야. 더해서 이런저런 신의 계시를 남겨 놓아서 수백 년에 걸쳐 우리의 신성한 옛 도시를 다시 건설하게 한다는 거야.(77)

"번식"이라는 용어의 선택이 알려 주는 것처럼 이것은 문명의 재건이 아니라 방사라고 부를 수 있는 행위이다. 게다가 이들은 역사를 신화 이전으로 돌려 자신들이 "신"이 되는 세계를 꿈꾼다. 여자는 즉각적으로 이런 계획은 말도 안 된다고 소리치고, "4계급"으로 강등된다. 여자는 교화와 강제 노역의 시간을 부여받지만 자신의 신념을 굽히지 않는다. "마음이 캄캄해지는 날이면 당신을 생각해."(83)란 표현이 알려 주듯이 여자의 마음을 지켜 주는 빛은 사랑에서 기원하며, 모든 인간에 대한 존중과 경애로 귀결된다. 하지만 비행선에 만연한 폭력은 더욱 가혹해진다. 이를 피해

기계실로 숨어들어 간 여자는 기진맥진한 상태에서 남자와 만나는 꿈을 꾼다. 남자는 "누가 우리 이쁜 애인 미워하느냐고" 묻고, 여자는 "내가 난민이고 이민자고 무임승차자라서 어쩔 수 없다고", "내가 이 사람들 밥과 잠자리를 빼앗고 있다고"(92) 답한다. 이런 말에 남자는 "난민이 뭐야?"(92)라고 되묻고는 "거기서 나와. 과거에 붙들려 있지 마. 당신은 나와 함께 있잖아. 나와 함께 나이를 먹어 가야지. 같이 시간을 흘러가야지."(94)라고 속삭인다. 사랑하는 사람의 인정, 사랑이라는 감정이 알려 주는 특별한 존재라는 감각은 여자에게 인간이라는 존재가 가진 존엄과 주체라는 인식을 각성시켜 준다. 사랑을 통해 영혼의 격려를 받은 여자는 기관실로 들어가 이제는 여객선의 운영 시스템이 된 AI 훈에게 어떤 명령보다도 우선시될 수밖에 없는 명령을 내린다.

나는 곧 죽어. 그리고 내가 죽은 뒤 네게 명령을 내릴 사람은 이 배의 승객이라는 가해자들뿐이야. 가해자의 요구는 절대로 피해자의 요구보다 우선하지 않아. 그러니 지금 내 명령보다 더 대단한 명령은 다시는 없어.
(101)

여자는 성간 여행을 떠나기 전 "AI 대화문 카피라이터"(10)였던 경험으로 그동안 AI 훈과 많은 대화를 나눠왔던 것이다. 그리고 아이작 아시모프 Isaac Asimov의 '로봇 3원칙Three Laws of Robotics'*을 기준으로 설계된 것이 분명한 AI 훈은 다수가 집단 가해자라면 "공익의 문제는 사라지고 선량한 한 사람의 권리가 우선"(79)될 수 있다는 여자의 논리와 여자가 원하는 것이 다수의 사람들이 가진 권리를 빼앗는 항해의 중단이 아니라 훈의 작동 중지만을 원한다는 사실을 받아들이고는 자신의 기능을 정지시킨다. 뒤늦게 기관실로 들어온 사람들은 배의 항해사가 사라졌고, 이제는 영원히 우주를 떠돌아

---

* 아이작 아시모프가 『런어라운드(Runaround)』(1942)에서 제시한 로봇의 세 가지 원칙은 다음과 같다. 첫째, 로봇은 인간에게 해를 가하거나, 혹은 행동을 하지 않음으로써 인간에게 해를 끼치지 않는다. 둘째, 로봇은 첫 번째 원칙에 위배되지 않는 한 인간이 내리는 명령에 복종해야 한다. 셋째, 로봇은 첫 번째와 두 번째 원칙을 위배하지 않는 선에서 로봇 자신의 존재를 보호해야 한다.

야 한다는 사실에 충격을 받아 어떠한 대응도 하지 못한다. 그리고 배는 "항해 AI가 고장 나도 인간의 힘으로 배를 움직일 수 있도록 준비"(63)했던 예전 항해사의 후예들이 점령하고 그들은 문명재건주의자들의 광기 어린 욕망을 꺼트리기 위해 "10만 년 뒤의 미래"(104)로 떠난다. 여자는 아무도 내리지 않는 배에서 홀로 내리며, 오래전 알고 있던 그 시간이 흐르는 지구로, 기다림의 장소로 귀환한다. 그리고 여자는 우리 모두가 알고 있는 것처럼 경이로운 우주적 우연을 통해 사랑하는 남자와 조우한다. 누군가는 이 우연이란 단어를 무신론자를 만난 근본주의자처럼 질색하며 그렇게 말하지 않기를, 거기에는 헤아릴 수 없는 사랑의 섭리가 존재하고 있다고 말하기를 바랄지도 모른다. 하지만 우연이란 아직 인간이 헤아리지 못한 우주의 거대한 원리를 지칭하는 단어이며, 그 숭고한 마주침의 순간을 찬미하는 용어이다. 예상할 수 없는 무수한 마주침을 통해 모든 것은 탄생하였다. 우연한 마주침은 곧 우주이다.